中山大学公共传播与文化融合丛书

媒介融合背景下女性网络文学研究

李敏锐 著

中国传媒大学出版社
·北京·

图书在版编目(CIP)数据

媒介融合背景下女性网络文学研究 / 李敏锐著 . -- 北京：中国传媒大学出版社 , 2024.6.

ISBN 978-7-5657-3672-8

Ⅰ . I207.999

中国国家版本馆CIP数据核字第2024D31L53号

媒介融合背景下女性网络文学研究
MEIJIE RONGHE BEIJING XIA NVXING WANGLUO WENXUE YANJIU

著　　　者	李敏锐
策划编辑	曾婧娴
责任编辑	沈刘红
封面设计	拓美设计
责任印制	李志鹏
出版发行	中国传媒大学出版社
社　　址	北京市朝阳区定福庄东街1号　邮　编　100024
电　　话	86-10-65450528　65450532　传　真　65779405
网　　址	http://cucp.cuc.edu.cn
经　　销	全国新华书店
印　　刷	唐山玺诚印务有限公司
开　　本	787mm×1092mm　1/16
印　　张	7
字　　数	132千字
版　　次	2024年6月第1版
印　　次	2024年6月第1次印刷
书　　号	ISBN 978-7-5657-3672-8/I·3672　定　价　42.00元

本社法律顾问：北京嘉润律师事务所　郭建平

目录
CONTENTS

绪 论 ……………………………………………………………………… 1
 一　媒介融合、数字劳动与女性文化 ………………………………… 1
 二　中国网络文学研究述评 …………………………………………… 5
 三　本书结构与主要内容 ……………………………………………… 9

第一章　作为发生背景的媒介、消费文化与网络 …………………… 12
 第一节　网络文学的双重属性 ………………………………………… 13
 第二节　资本与市场的影响 …………………………………………… 18
 第三节　类型文的独异面貌 …………………………………………… 22

第二章　女性网络文学的情感生产机制 ……………………………… 30
 第一节　网络女性形象与欲望特征 …………………………………… 31
 第二节　极致爱恋的心理与逻辑 ……………………………………… 38
 第三节　网络文学的情感伦理变异 …………………………………… 43

第三章　两性观念的重释 ………………………………………………… 49
 第一节　男主角的角色变迁 …………………………………………… 50
 第二节　情感与权力的网络结构 ……………………………………… 55
 第三节　女性乌托邦的建构 …………………………………………… 60

第四章　女性新形象的创造 ……………………………………………… 65
 第一节　女性形象变迁 ………………………………………………… 66
 第二节　女性阶层镜像 ………………………………………………… 73
 第三节　去感情化的新形象 …………………………………………… 80

第五章　女性网络文学的写作伦理 ……………………………………… 86
第一节　自我物化与叙事幻想 …………………………………… 87
第二节　消费社会的符号化写作 ………………………………… 92
第三节　女性网络文学的意义与局限 …………………………… 97

结　语 ………………………………………………………………………… 103

后　记 ………………………………………………………………………… 107

绪 论

一 媒介融合、数字劳动与女性文化

人类历史已经经历了语言、文字、印刷、电子媒体及互联网五次传播技术的改革，每一次传播技术的变革，都会加快传播速度，扩大传播范围，社会结构也因此发生改变。20世纪60年代，著名媒介理论家麦克卢汉在其著作《理解媒介——论人的延伸》中提出"媒介即讯息"的判断，他认为铁路的作用，并不是把运动、运输、轮子或道路引入人类社会，而是加速并扩大人们过去的功能，创造新型的城市、新型的工作和新型的闲暇。①麦克卢汉不仅洞察到技术对人类主体的深远影响，也观察到技术如何打破原本自然形成的平衡关系。新信息技术正利用全球的工具性网络整合世界，用户的日常生活被媒介技术整合进信息化资本主义（Informational Capitalism），用户亦被卷入新媒体价值链，服务于生产、消费和市场等多个环节。②数字技术的发展与创新不断推动媒介融合，媒介之间的壁垒被打通。媒介融合不是简单的媒介技术交接，而是包括社会、经济、文化及技术等因素在内的内容与功能。媒介融合是一个动态过程。它从媒介机构的内容生产链条往外延伸到消费环节，放大到整个产业文化形态。③从重新塑造社会生态和产业结构开始，当今时代的新媒体正在对社会生产和社会生活进行全面介入。④如今，媒介融合已成日常，媒介融合日常化最直观的呈现就在新媒介价值链上，

---

① 麦克卢汉. 理解媒介：论人的延伸 [M]. 何道宽, 译. 南京：译林出版社, 2011：18-19.
② 卡斯特. 网络社会的崛起 [M]. 夏铸九, 王志弘, 译. 北京：社会科学文献出版社, 2000.
③ 黄旦, 李暄. 从业态转向社会形态：媒介融合再理解 [J]. 现代传播（中国传媒大学学报）, 2016, 38 (1)：13-20.
④ 陈卫星, 德布雷. 媒介学：观念与命题——关于媒介学的学术对谈 [J]. 南京社会科学, 2015, 330 (4)：101-106, 139.

每个人既是生产者，也是消费者，即产消者。

"产消者"不是一个新概念。早在20世纪80年代，美国未来学家托夫勒在其著作《第三次浪潮》中就提到"产消合一"（Prosumption），他预示在第三阶段，即信息化阶段，消费者将被卷入生产部门，生产者与消费者的界限日益模糊。[1]托夫勒提出这个概念时，数字技术并未像当今这般发达，产消合一还是一个纸上概念，纸上得来终觉浅。21世纪，互联网技术进入了飞速发展时期，科技展现出巨大能量，数字技术不断重塑人类社会，日常生活被媒介重新构建。2011年，英国学者福克斯在马克思劳动价值理论基础上提出"产消商品"（Prosumer Commodity）论，他认为互联网用户作为数字劳动"产消者"的劳动价值实现方式主要是通过线上制造内容，用户是平台使用者，也是消费者，同时还是平台广告用户，而劳动时间即媒介使用时间。[2]福克斯这段话在解释产消者这个概念的同时，亦涵盖了另外一个概念：数字劳动。

在数字生产方式下，传统的劳动形式正在向数字劳动形式转变，这种转变将会深刻影响雇佣关系、劳动的控制过程和劳动报酬支付形式等。[3]信息通信技术（ICT）不仅深刻地改变了社会生产与人类生活方式，还孕育出"数字劳动"这种新的劳动形式，一批以生产网络内容为工作的新型劳动者，被称为数字劳工（Digital Labor）。[4]在数字资本主义视野下的劳动过程具备三个特征：生产界限模糊、进行数据控制以及存在全方位监视。[5]此外，信息传递系统作为劳动过程的"神经系统"，扮演着越来越重要的角色，也成为数字劳动过程区别于其他时期劳动过程最突出的特征。[6]数字劳动模糊了生产与消费的界限，个体自愿在社交网络上进行创造性且免费的工作，它使得互联网既像游乐场又像"社会工厂"。[7]国内不少学者也加入了数字劳动的研究阵营。例如，对网约车司机劳动过程进行研究：平台通过消费者的监督，比如星级评分机制等手段，控制网约车司机的劳动。[8]还有对外卖骑手劳动过程进行探讨：外卖骑手之所以在工作中感觉到"自由"，除了因为上下班时间自由，很大程度上是因为平台对他们的管理走

---

[1] 托夫勒.第三次浪潮［M］.朱志焱，潘琪，译.北京：生活·读书·新知三联书店，1983.
[2] 福克斯.数字劳动与卡尔·马克思［M］.周岩云，译.北京：人民出版社，2020.
[3] 韩文龙，刘璐.数字劳动过程及其四种表现形式［J］.财经科学，2020，382（1）：67-79.
[4] 福克斯.数字劳动与卡尔·马克思［M］.周岩云，译.北京：人民出版社，2020.
[5] 王蔚.数字资本主义劳动过程及其情绪剥削［J］.经济学家，2021，266（2）：15-22.
[6] 韩文龙，刘璐.数字劳动过程及其四种表现形式［J］.财经科学，2020，382（1）：67-79.
[7] SCHOLZ T. Digital labour.the Internet as play ground and factory［M］.NewYork：Routledge Press，2012.
[8] 吴清军，李贞.分享经济下的劳动控制与工作自主性：关于网约车司机工作的混合研究［J］.社会学研究，2018，33（4）：137-162，244-245.

向了隐形化。① 媒介技术越发达，社会分工就越细化。很多研究者也注意到情感劳动在平台劳动过程中的重要性。情感劳动（Emotional labor）最先由美国社会学家霍克希尔德提出，她认为私人情感体系的要素被置于市场上作为劳动出售时，它们就被塑造成标准化的社会形式。② 劳动者的劳动力中包含的不仅是相关方面的劳动技能，同时也包含作为一项服务内容的情感成分。③ 比如网络直播行为，网络主播的劳动过程代表了一种新兴的情感劳动方式，情感劳动不再必然导致主体的自我异化，劳动者在数字媒介实践中的情感劳动也可能是劳动主体自我满足与自我享受的过程。④ 女主播在直播过程中的情感管理和情感表达是其劳动过程中的核心任务。⑤

基于以上讨论，我们再把目光聚焦在网络文学上，就豁然开朗。我国媒介融合实践大约始于21世纪初，网络文学VIP收费制度亦始于此，VIP收费制度标志着网络文学摆脱了传统文学附庸者的角色，形成独立的商业盈利模式。在媒介融合过程中，网络文学内容生产与表达方式不断升级换代，媒介间的联觉效应使得网络文学从最初的电子文本阅读向IP内容多维度开发转变，并呈现明显社交化、游戏化及情感消费等特征，同时，"粉丝"群体形成并不断规模化，粉丝文化与粉丝经济获得加速发展。截至2023年12月，我国网络文学用户规模达5.20亿，中国网络文学阅读市场规模达404.3亿元，⑥ 成为影视、动漫、游戏的重要内容源头，带动数字文化产业发展。网络文学是如何从传统文学附庸者变成拥有独立内容生产线的繁盛行业？如果仅从文学角度切入，似乎无法确切解释这个问题。在网络文学平台化运作时期，网络作家沦为真正意义上的"数字劳工"，劳动动因异化为对高额商业利益的追逐。⑦ 在这种背景下，网络文学作者的情感输出肯定要打上商业的烙印。⑧

---

① 陈龙."数字控制"下的劳动秩序：外卖骑手的劳动控制研究［J］.社会学研究，2020，35（6）：113-135，244.
② 霍克希尔德.心灵的整饰：人类情感的商业化［M］.成伯清，淡卫军，王佳鹏，译.上海：上海三联书店，2020.
③ 淡卫军.情感，商业势力入侵的新对象 评霍赫希尔德《情感整饰：人类情感的商业化》一书［J］.社会，2005（2）：184-195.
④ 胡鹏辉，余富强.网络主播与情感劳动：一项探索性研究［J］.新闻与传播研究，2019，26（2）：38-61，126.
⑤ 涂永前，熊赟.情感制造：泛娱乐直播中女主播的劳动过程研究［J］.青年研究，2019，427（4）：1-12，94.
⑥ 中国互联网络信息中心.第53次中国互联网络发展状况统计报告［EB/OL］.（2024-03-22）［2024-04-18］.http://www.cnnic.net.cn/hlwfzyj/hlwxzbg/hlwtjbg/.
⑦ 蒋淑媛，黄彬.当"文艺青年"成为"数字劳工"：对网络作家异化劳动的反思［J］.中国青年研究，2020，298（12）：23-29，37.
⑧ 邵燕君.以媒介变革为契机的"爱欲生产力"的解放：对中国网络文学发展动因的再认识［J］.文艺研究，2020，344（10）：63-76.

女性是天生情感高手。女性在现实生活中需要付出更多的情感劳动，这包含了两个层面：其一是社会对于女性的期待使得女性更多从事需要情感劳动的职业；其二是即便相同的工作职业，女性也比男性付出更多的情感劳动。① 女性天生的性别优势使其更适合从事情感劳动。网络文学的目的是使读者获得爽感，从而实现情感变现，女性网络文学作为一种以女性群体为受众的文学载体，它的生产消费过程不但是一场典型的情感输出过程，还反映了中国当代女性的思想变迁过程。改革开放引进了西方先进生产技术和高科技知识，主张女性独立自主的西方女性主义随之进入中国女性的视野。20世纪末，以女性爱情叙事为主的作家林白、陈染、海男、卫慧、棉棉、春树等集体亮相文坛，她们的作品因为大多曝光自己的私人情感生活而受到来自传统文学界的质疑，质疑焦点集中在"私人性的女性隐秘进入文学有何美感？"——传统文学界无法解答这个问题，匿名制写作的网络文学全盘接受了这个问题及其答案。在现实社会中缺乏话语权的女性群体找到了互联网这片自由的虚拟空间，她们在这里建构她们心目中的和谐世界。中国传统两性文化强调阴阳调和，这种观念与西方女性主义存在差别，再加上我国社会经济发展不均衡，东部发展地区的女性在经济收入、受教育程度、消费水平等方面明显高于西部地区及农村女性，前者对独立话语权的渴求度较高。这些暂时无法调和的矛盾和冲突，被全部放入女性网络文学领域，呈现出一幅多姿多彩的浮世绘现象。

"爱情"是女性文学的基石。中国网络文学的创作者，特别是女性创作者，她们在"爱情"主题下开辟了一片新的领地，中国文学史上没有哪一段历史阶段比得上现在二十余年女性网络文学对爱情的追逐。王安忆在《荒山之恋》中曾感慨女人实际上有超过男人的力量和智慧，可是因为没有她们的战场，她们只好寄予她们的爱情。② 女性在描述理想中的两性关系时，她们是如何理解传统两性关系的？又是如何塑造男性形象的？她们描述自己时，是以一种怎样的心理预期来建构的？这些情感输出的过程其实就是中国当代女性整体心理变化的过程。历史上，中国社会是一个父权社会。"父权制的负面影响构成了一个恶性循环，男人迫使女人只待在女性领域，从而使女人无法真正参与父权文化，并迫使女人扮演次要的和低人一等的角色……这种'女人不及男人'的态度将女人置于这样一种境界：男人必须将其当作未成年女儿对待，同时这又构成了所谓的女性天然弱势的基础。"③ 在这种情况下，女性会不由自主地贬低自我价

---

① 吕鹏. 线上情感劳动与情动劳动的相遇：短视频/直播、网络主播与数字劳动[J]. 国际新闻界，2021，43（12）：53-76.
② 王安忆. 荒山之恋[M]. 北京：中国电影出版社，2000：31.
③ 诺伊曼. 原型女性与母权意识[M]. 胡清莹，译. 北京：世界图书出版公司，2018：25-26.

值,依附于两性关系。当女性独立思想冲破这种自我贬低体系,二者必然会发生激烈冲突,而女性网络文学则是当下最好的一个矛盾冲突承载体。

社会依然在发展,女性网络文学已经经历了四代更替,在这些更替过程中,女性网络作者的思维也随之改变,女性用户的阅读经验也逐渐成熟,这些改变和成熟通过女性网络文学这个载体不断呈现。性别这个因素在文学创作中是不可忽略的,在视角、叙事方式和语言风格方面,都会因为女作家和男作家在经验和性别认同上的差异而有不同的表现。[①] 任何文字的诞生都有其存在的意义,或许不符合当下惯常的社会伦理道德,却深刻反映了作者认为合理的世界。这不是单个女性作者的世界观,而是以百万为单位的庞大女性作者队伍集体反映出来的世界观,她们拥有以亿为单位的读者用户数量,而这些巨大的读者用户群反过来又影响着作者的创作过程。尽管我们承认包含女性网络文学在内的网络文学的商业属性,我们也承认传统文学的精英性,并认可传统文学是人类社会发展的指明灯,但这不意味着可以抹杀网络文学的文学性。作为一个由大众创造、供大众阅读的网络文学,它所承载的社会意义和社会现实同样值得我们去研究和剖析。本书聚焦于媒体融合背景下女性网络文学的内容生产、表达层面,将文学理论与传播理论结合,探究女性网络文学在媒介融合背景下的变化过程,为相关研究提供一个研究范例,进而探讨在媒介融合时代如何生产"有意义"的网络小说,对于日后学术界对女性网络文学乃至女性文化的研究或有借鉴意义。

二 中国网络文学研究述评

1998年,蔡智恒在台湾成功大学电子布告栏(BBS)连载了小说《第一次亲密接触》,这本网络小说迅速在网络上走红,之后,中国网络文学界把这本小说的发布时间当成中国网络文学的开始。随着互联网技术在国内的普及,各类文学网站陆续建立,这个阶段的网络文学还是传统文学的附庸物,并没有获得独立发展的资格。2003年,线上支付技术进入稳定期,线上用户数量也进入大幅度增长期,各大网络文学网站抓住这个契机,陆续推行 VIP 收费制度,收费制度的确立使得网络文学可以脱离传统文学,拥有自己独立的内容生产线,同时也标志着网络文学商业属性的确立。2007年,随着智能手机及移动终端产业的发展,人类社会开启了移动网络新时代,媒介之间的壁垒被打通,极大地促进了信息流通,网络文学亦进入疯狂扩展期。2008年,盛大文

---

① 陈顺馨.中国当代文学的叙事与性别[M].北京:北京大学出版社,1995:151.

学集团成立，它将网络文学生产、纸质出版、游戏版权等整合在一起，它的成立预示着网络文学产业化从此开始。2014年，"净网"行动分别从法律和道德角度对网络文学进行约束，促进了网络文学维权意识的成熟。2015年，经历重组的盛大文学与腾讯文学进行整合，阅文集团从此诞生，它涵盖了网络原创、图书出版发行、音频听书及影视制作等多个产业，阅文集团成为目前网络文学行业中的风向标，它标志着网络文学产业化由此走向成熟化。至今，大量商业资本依然在不断注入网络文化行业，形成一种以内容产品为上游、以互联网为载体、在多种文化娱乐业态之间开发及传播的泛娱乐新生态。从1998年开始，网络文学已经走过了26年的历史，但是与传统文学相比，它依然是一个新事物。在它的发展过程中，野蛮生长与蓬勃生机两种现象并存，这种迥异于传统文学的创作与盈利方式，成了一个时代的文化热点。总结这二十余年网络文学的研究成果，学术界已经从对网络文学基础内容的讨论，逐步转向细分化的研究及对网络文学整体的深度分析。

1997年黄鸣奋的论文《电脑艺术学刍议》，被认为是文学界对网络文学的第一次发声。他在文中敏锐地提出社会生活的各个领域都强烈感受到网络文学的撞击。[①]之后，文学界对网络文学的关注度逐渐上升，但是依然对其发展走向存疑，并集中在批判网络文学的文学独立性及文化内涵上，甚至很多学者认为网络文学根本就不属于文学，它只是一种闲时消遣物。2008年，网络文学十年大盘点活动促使网络文学的研究和讨论活动及论著出现井喷现象，并且出现了网络文学史的相关研究，比如欧阳友权的著作《网络文学发展史》[②]、《网络文学本体论》[③]，马季的著作《读屏时代的写作：网络文学10年史》[④] 等。随着媒体融合向纵深发展，文学界很多学者也积极地从媒体融合角度对网络文学展开研究。纵观国内相关研究，众声喧哗，热闹非凡。主要从以下三方面进行研究。

有些学者认为媒介融合重新定义了网络文学。吴亮芳博士认为媒介融合是中国网络文学诞生的起因，也是自我创新与变革的方式。[⑤] 这种定义似乎有些武断，切断了其与传统文学之间的关系。邵燕君教授则从网络文学的发展动因着手，她认为网络文学的发展动因是一场以媒介革命为契机的"爱欲生产力"的解放，而与其相关的商业性

---

① 黄鸣奋.电脑艺术学刍议［J］.厦门大学学报（哲学社会科学版），1997（4）：89-94.
② 欧阳友权.网络文学发展史［M］.北京：中国广播影视出版社，2008.
③ 欧阳友权.网络文学本体论［M］.北京：中国文联出版社，2004.
④ 马季.读屏时代的写作：网络文学10年史［M］.北京：工人出版社，2008.
⑤ 吴亮芳.中国网络文学融合的演化进程与特征［J］.湖南师范大学社会科学学报，2022，51（2）：112-118.

必须是粉丝经济。①持相同观点的还有许苗苗博士，她认为网络文学是以互联网和手机等数字媒体为中介进行生产、传播和阅读的。②沿着这个思路，黎杨全博士认为媒介融合创造了一个虚拟的线上世界，并带来虚拟生存，这直接导致网络文学叙事呈现出数码化现实的特征及表现新媒介的现实主义的崛起。③黄也平、齐永光教授则认为数字化技术的广泛应用导致网络文学传统发展模式进入瓶颈期，利用媒介融合可拓宽网络文学传播渠道、重视文学内容本身，促进网络文学创新发展。④

有些学者认为媒介融合促使网络文学"跨媒介"发展。欧阳友权、曾照智教授认为媒介融合改变了网络文学的内容生产方式。数字技术为网络写作提供了传统写作难以企及的"交互"：作者与读者、读者与读者、文本与文本、作者与作者及文学文本与其他艺术文本。⑤王小英教授认为数字媒介技术促使网络文学产业兴起并进入成熟发展期。网络文学的全产业链分为供需链、价值链、企业链，三个链条互相交叉融合。⑥黄发有教授则认为网络文学和传统文学逐渐融合，技术美学取代主体美学，网络写作成为网络IP产业链的一个环节。⑦曾一果、杜紫薇教授则认为在跨媒介叙事中网络文学作者不再对作品拥有绝对主权，导演、游戏编程师、动画师等在内的诸多人员都在跨媒体产品中占据不可替代的位置。⑧

还有一些学者认为在目前状况下，只有改变网络文学的传统评估机制才能适应媒介融合进程。任锦鸾、肖丹教授认为网络文学评价体系可以从内容价值、平台价值和衍生价值三个维度出发，构建网络文学价值评估体系。⑨黎杨全教授则认为必须建构文学性与连接性相结合的动态评价体系。⑩单小曦教授认为网络文学新评价标准由网络生成性尺度、技术性—艺术性—商业性融合尺度、跨媒介及跨艺类尺度、"虚拟世界"开拓尺度、主体网络空间性与合作生产尺度、"数字此在"对存在意义和领悟尺度等多尺

---

① 邵燕君.以媒介变革为契机的"爱欲生产力"的解放：对中国网络文学发展动因的再认识［J］.文艺研究，2020，344（10）：63-76.
② 许苗苗.作者的变迁与新媒介时代的新文学诉求［J］.文艺理论研究，2015，35（2）：130-137.
③ 黎杨全.网络文学：新媒介现实主义的崛起［J］.中州学刊，2019，274（10）：147-152.
④ 黄也平，齐永光.媒介融合视域下的网络文学研究［J］.人民论坛，2019，640（23）：134-135.
⑤ 欧阳友权，曾照智.网络文学之"交互性"辨though［J］.东岳论丛，2020，41（6）：5-10，191.
⑥ 王小英.论融媒体视域下的"中国网络文学"［J］.学习与探索，2020，300（7）：148-155.
⑦ 黄发有.媒介融合与网络文学的前景［J］.天津社会科学，2017，217（6）：117-125，141.
⑧ 曾一果，杜紫薇.数字媒介时代网络文学IP改编的再思考［J］.中国编辑，2021，138（6）：75-78.
⑨ 任锦鸾，肖丹.跨媒介视角下网络文学价值评估体系与开发策略［J］.现代传播（中国传媒大学学报），2021，43（6）：94-99.
⑩ 黎杨全.新媒介的"连接主义"与网络文学评价范式变革［J］.中国文学批评，2021，27（3）：132-140，160.

度系统整体构成。① 禹建湘教授通过定量研究，对25家网络文学网站进行考察，构建了网络文学网站社会效益评价体系模型。②

这些数量庞大的研究成果为本书提供了丰富的学术资源，但是仍存在一些不足之处与可供拓展的空间。从研究对象来看，目前研究多将网络文学文本生产系统与"跨媒介"叙事研究分开研究，本书希望将二者结合并对接研究，并在此基础上进行探讨，拓展出更为全面与客观的研究对象。从研究方法来看，现有研究多数用传统文学理论对网络文学进行剖析，对于媒介融合的理解大多停留在概念上，媒体融合不限于技术层面，还包括技术、经济、主体、内容、规范等人类传播活动的诸多层面。因此，单一学科的知识及研究无法客观描述网络文学现状，需要引入多学科、跨学科的研究体系才能对网络文学做出整体性的评估与分析。从研究过程来看，现有研究主要侧重于分析媒介融合为网络文学发展带来的优势与机遇，但对媒介融合带来的消极影响的重视仍有不足，现有研究也仅从"抄袭""雷同"方面着手。另外，现有研究极少从数字情感劳动角度研究网络文学作者的生产过程，网络文学本身具备情感属性，肯定作者的情感劳动，对解释粉丝社群与情感消费亦有极大帮助。

值得注意的是，除了文学界，其他社会学者也开始关注网络文学。与文学界研究相反，社会科学研究则从数字经济视域出发，积极承认网络文学的商业属性，将签约作者的创作过程看成数字劳动过程。网络作家所进行的文学创作是一种创造性的非物质劳动，因此富有创造力而低廉的劳动者成为文学创作平台的宝贵的竞争性资源。③ 网文平台通过产量竞赛、创意规训以及权责置换等方式，实现了对网文写手的"执行""概念"与"契约"的三重控制，确保网文写手能够进行连续性、高质量和高承诺的劳动供给。④ 在这种背景下，随着网络文学产业链的不断完善，网络作家从最初爱好文学的"文艺青年"演变成典型意义上的"数字劳工"。⑤ 这些研究虽然客观剖析了网络文学作者的劳动过程，却忽视了文学作为一种高级精神文明的作用和影响力。

---

① 单小曦. 网络文学评价标准问题反思及新探 [J]. 文学评论，2017（2）：24-30.
② 禹建湘. 构建网络文学网站社会效益评价体系：基于25家网站数据分析 [J]. 中国文学批评，2021，27（3）：141-149，160.
③ 胡慧，任焰. 制造梦想：平台经济下众包生产体制与大众知识劳工的弹性化劳动实践——以网络作家为例 [J]. 开放时代，2018，282（6）：10，178-195.
④ 张铮，吴福仲. 创意流水线：网络文学写手的劳动过程与主体策略 [J]. 中国青年研究，2020，298（12）：5-13.
⑤ 蒋淑媛，黄彬. 当"文艺青年"成为"数字劳工"：对网络作家异化劳动的反思 [J]. 中国青年研究，2020，298（12）：23-29，37.

不管是哪种研究，都不能脱离网络文学现场，最终都要获得网络文学的"土著居民"：作者、编辑、读者的认可。

"现在很多网络研究脱离了当下网络文学现场，大多是从网络文学外来影响、传播学和媒介革命的角度进入。网络文学研究者的理论准备明显不足，深入网络文学复杂多变现场的能力普遍缺乏，对于网络文学生态和机制的认识程度远远不够。网络文学批评和研究的影响仍然局限于研究者内部，很难在更大范围的网络空间上取得作者、编辑、读者的普遍认可。"①

本书的研究目的亦是如此。在展开研究之前，需要界定"女性网络文学"。女性网络文学至今都没有一个公认的学术界定。总结归纳，大致有三类定义。第一类定义是女性作者创作的原创网络小说。这里存在一个无法解决的难题，在现行网络小说生产机制下，网络作者创作和发表实行匿名制，我们无法仅仅从笔名中判断作者的性别，比如一个男性创作者给自己取了一个女性化的笔名，并用这个女性化的笔名来写小说，而他写的小说恰好被纳入我们的研究范围，这将影响我们从性别角度进行的研究，所以这种界定存在很大的研究漏洞。第二类定义是网络小说中的主角是女性的原创网络小说，创作者不限男女。从性别理论来说，男女有别，如果不加以区别创作者的性别，得出的结论也是极其模糊的。另外，女性网络文学中的一大分支耽美小说，以男男爱恋作为主要写作题材，如果按照这种界定，耽美小说将被剔除在女性网络文学之外，这显然是不切实际的。第三类定义是女性向的网络原创小说，主角可以是男性，也可以是女性，甚至还可以是无性别的物种，创作者性别不限。这类定义是当下文学原创网站约定俗成的解释，但是创作者性别不限于女性，在研究上的局限性类似于第一类定义。鉴于研究需要，我们暂时把女性网络文学界定为：女性创作者在网络上创作的付费型女性向原创小说。为了解决对作者性别的界定，本书中采用的所有网络文学的文本都以纸质出版物为准，而作者性别以纸质出版物刊登的作者性别为准。

三 本书结构与主要内容

本书分为五章。在本书第一章，我们探讨媒介融合对网络文学的影响，新媒介的

---

① 欧阳友权，喻蕾.网络文学批评史的问题论域［J］.中南大学学报（社会科学版），2017，23（3）：143-148.

发展如何促使网络文学变成一种情感消费品,特别是类型文的诞生与生产机制,消费文化又是如何嵌入这种情感消费品的,并对网络文学做一个整体的评估,为接下来的章节奠定叙述背景。类型文是网络文学的基本特征,甚至可以说,网络文学就是类型文。如果不借助媒介融合和消费文化的背景去解释类型文,仅从传统文学角度去考察网络文学就难以解释,举一个常见的例子,我们无法理解为什么"霸道总裁爱上普通女性"的情节可以发展为成百上千万个文本,大量读者明知"情节雷同"的情况下依然前赴后继地贡献着点击率。此外,我们把同人文单独作为一节来分析讨论,同人文因为位于法律灰色地带无法获得上架的资格,但它的影响力和粉丝数量令人无法忽视,而同人文的出现亦是媒介融合的产物,特别是社交媒介的兴起,故事母体从诞生到加工,经历了各类用户,这个过程是否构成侵权?通过研究同人文,也许可以提供另一条理解网络文学的路径。

在本书第二章,我们讨论女性网络文学的叙事主题"爱情",通过对比四代网络文学女性作者对待爱情在态度和观点上的不同,并结合数媒时代下中国女性独立意识的发展来剖析女性网络文学的变化。根据学者欧阳友权对网络文学的划分①,2000年之前活跃的网络作者属于第一代网络作者,以安妮宝贝、黑可可、邢育森、李寻欢、俞白眉等为代表,掀起了网络文学第一次高潮。2000年至2003年活跃在网络文学上的作者被称为第二代网络作者,以今何在、何员外、十年砍柴、江南、西门大官人、木子美等为代表。第一、第二代的网络作者写作目的极少考虑作品的商业利益,绝大部分作品也是免费分享给读者观看的。第三代网络作者诞生的标志是2003年网络小说VIP收费制度的建立。收费制度的建立促进网络文学作者这个新兴职业诞生,并在"粉丝经济"上形成了"生产—消费—再生产"一体化系统。在这个系统里,读者在阅读过程中的"代入感"与"爽感"成为评价一本网络小说好坏的标准,而读者对剧情的走向反应直接影响到创作者的创作过程,这是网络文学创作有别于传统写作的鲜明特点。第四代网络作者是指2008年之后比较活跃的网络作者,这一代作者不单单面临单个网络文学网站内的用户,更面临着一个巨大的、资源互通的跨媒介平台。

在本书第三章,我们结合中国发展现状、媒介融合和消费文化的影响,分析女性网络文学呈现出的两性关系及其变化。当传统文学逐渐失去原本的号召力,女性网络文学却吸引了上亿的女性读者,最大的原因恐怕是女性读者通过女性网络文学看到了渴望中的和谐的两性关系。另外,女性网络文学中的两性关系模式不是固定不变的,

---

① 欧阳友权.中国网络文学二十年[M].南京:江苏凤凰文艺出版社,2019:300.

它受到互联网发展、消费文化和女性主义等多方面的影响，不断地进行内部的调整和变化，以求达到一个与男权社会平衡的状态，并呈现出时代特有的特征。

在本书第四章，我们分析女性网络文学中的女性新形象。对于数媒时代下的女性而言，一方面她们迫切需要证明自己的独立性，另一方面男性话语权又以比以往更隐蔽的形式引导着她们的行为。在这种背景下，我们必须以一种辩证的观点来看待女性"新"形象，然后才能从这些"新"形象中分析出女性困境背后的根源。

在本书第五章，我们总结以上论述，归纳 VIP 收费制度建立以来女性网络文学的基本精神面向，分析女性网络文学发展阶段的局限性，及其在媒介融合背景下面临的一些基本伦理问题，并尝试预测女性网络文学的发展规律。我们没有按照女性网络文学发展的时间线来设计全书结构，而是把女性网络文学中体现出的叙事主题、两性关系及女性形象展开并剖析。如果仅仅沿着时间线来看，或许鲜有纠结也难以激发深度的反思，反映出当代女性成长过程宛如一幅元素繁复、邪与媚和谐统一的浮世绘。这样处理可以让我们更清楚地看到消费社会的兴起与发展对女性心目中"理想世界"的整体影响，从而尝试探讨中国当代女性群体所处的现实境况。

传统文学里存在着个体差异：一个相同的故事，由不同的作者来叙述，可以发展出无数不同的旁枝末节，所以在对传统文学作者进行分析时，可以就一个作家进行系统的作品文本分析。显然，以同质化、类型化为特征的网络文学很难进行这种分析，再加上一部网络文学作品的字数动辄一百万字以上，从现有技术来看，实在很难沿用传统文学文本研究方法。只能从网络文学的类型化着手，才能更好地进行分析。根据女性网络文学发展脉络，最经典的网络小说类型有：都市言情文、穿越文、超现实文（比如耽美文和女尊文），其中宫斗文渐渐从穿越文中独立出来，成为一种类型文，接着女性种田文又成为穿越文中最热门的类型文，我将从这些经典的类型文中挑选出经典的小说来进行分析。这里需要说明的是，网络文学中的经典性与传统文学的经典性还是存在很大区别的，网络文学的评判标准是读者的代入感与爽感，当一部网络小说满足这个标准时才能迈进"经典"的门槛。从文体角度来说，本书研究的对象是女性网络作家。这里存在一个我个人无法避免的定义困境，网络文学实行匿名制，如果不进行真人识别，根本无法确定作者的真实性别，我只能从作者的实体出版物及其叙事风格和写作倾向等因素综合进行性别判定。现在回看十年前的网络文学研究，会有种"落后"的评价，而现在的研究或许在十年之后也是"落后"的。尽管如此，本书还是想尽量客观还原媒介融合背景下女性网络文学的全貌。

第一章 作为发生背景的媒介、消费文化与网络

正如麦克卢汉的名言,媒介即讯息。数字技术的迅猛发展,人工智能的革新,媒介的爆发式增长,极大地冲击着人们的日常生活。在新媒体的大背景下,利用网络媒体、移动媒体的交互性和多元性,受众不仅可以与大众媒介进行平等交流,还可以主动地制造信息,发布信息,成为信息的生产者。①社交媒体的出现,进一步加剧了信息生产者和消费者的融合,传统媒体时代的"只读文化"(Read-only Culture)进化成"读写文化"(Read/Write Culture)。②生产者和消费者转变为"产消合一"的双重角色,社会关系也被重构。从文学角度来看,一方面,媒介融合与消费文化不断消解文学的独立品格,并把其产生与传播过程纳入市场经济的运行轨道,使其成为满足消费者各类情感需求的消费品;另一方面,社交媒介俨然成为当下文学生产的重要阵地,并获得年轻人的广泛认同与接受。媒介的社交属性使得文学生产的聚焦点愈加集中在个人经验叙事上,日常化审美成为一种常态。

早期的网络文学研究者仅仅从文学性来分析网络文学,无法得出它的全貌,甚至还容易走进研究的死胡同。之前研究局限性主要表现在两处:首先,其无法解释为什么千篇一律的网络类型小说还能拥有大量粉丝群;其次,其也无法解释为什么网络文学 IP 化会呈井喷状态。这种反向证明也给后来者提了一个醒,单单依靠研究文学的方法是无法完整描述网络文学这个新生事物的。我们还是要回到网络文学所处的时代背景上。网络文学从诞生开始,始终伴随着媒介融合、数字技术的不断发展而不断发生变化。尽管这个时代还在变化发展,网络文学也在随之发生变化,这也给我们的研究带来了一定的难度。但是有一点是可以确定的,网络文学不是单纯的文学,它是一种具备文学属性的消费品,盈利是网络文学生产的主要目的。

网络文学是一种什么类型的消费品?以往文学界大多把它定义为一种文化消费品,

---

① 许鹏. 解析新媒体时代受众角色的革命性变化 [J]. 新闻研究导刊, 2014, 5 (7): 182-183.
② LESSIG L. Remix: making art and commerce thrive in the hybrid economy. [M]. NY: Penguin, 2008.

这种定义比较笼统，也无法避免在研究过程中再次进入上文提到的"网络文学研究死胡同"。我们可能需要借助多学科的理论作为研究框架和学术资源，进行跨学科的研究。同时，这种研究的结论，也可以对网络小说粉丝现象、网络作品"情节雷同"现象、同人文的独创性及网络文学的评价标准等一系列具体问题，提供解决的思路和方案。本书将结合数媒时代背景，分析媒介与消费文化对网络文学的影响，采取价值中立的立场，试图回答这些问题。

第一节　网络文学的双重属性

21世纪以来，中国社会的发展方向不停地受到两大力量的影响，一是消费社会伴随着城镇化进程的加剧逐渐确立自己的主导地位；二是互联网技术以不可阻挡的速度覆盖到社会的方方面面，特别是智能手机的普及与社交媒体的使用，基本改变了民众日常生活习惯。消费者的欲望成为资本追求和操控的对象，同时成为消费社会最重要的生产动力。资本迫切需要把消费者的欲望变成实际消费行为，这个过程需要借助多方力量，特别是建立在互联网科技力量上的新媒介。与此同时，随着社交媒体的兴起，越来越多的用户主动加入数字资本运作过程，成为推动数字产业发展的核心力量。显而易见，消费欲望借助媒介技术被不断放大。最显著的特征即消费市场上越来越多的商品不单单包含着物质价值，同时还包含着一种欲望和身份的象征。这也印证了美国社会心理学家马斯洛的五个不同层次需求理论[①]，他认为只有先满足最基本的需求，比如生存和人身安全，然后人类才会去渴求精神方面的需求。也就是说，只有当社会上的物质资料出现剩余的常态，精神文化才能获得自由的发展空间。

享乐主义正是一种为消费欲望生产服务的意识形态，并逐渐成为消费社会一种主导意识形态。享乐主义不是由生产者一方造就的，而是在消费者、生产者及大众媒介三者合力作用下形成的一种意识形态。享乐主义强调"有闲"与"幸福"。凡勃伦在《有闲阶级论》中把"有闲阶级"的特征解释为非生产性的消耗时间[②]，这种解释把"有闲"与好吃懒做或者清静无为两种行为分开。若能成为有闲阶级，意味着其金钱充裕、自由消费、能支配他人劳动。"有闲"也包含炫富的意味，有闲阶级通过支配他人劳动，获得旁人的羡慕嫉妒之情，并满足自己的支配欲。享乐主义强调消费过程与快乐

---

① 马斯洛.动机与人格[M].许金声，译.北京：中国人民大学出版社，2012.
② 凡勃伦.有闲阶级论：关于制度的经济研究[M].李华夏，译.北京：中央编译出版社，2012：41.

挂钩，从而刺激人们的消费欲望，鼓励人们大量消费，使得人们沉浸于消费欲望满足之中，并自认为消费是一种自由和幸福，更是一种社会阶层的身份证明。享乐主义掩盖了背后操控消费者欲望的资本与权力运作，引发了攀比与炫富的风气。

享乐主义与个人主义紧密相关，王宁教授认为个人主义将消费看作个人成功的证明，因而极力突出消费的符号性质与享乐功能①。个人主义使得人们的情感宣泄与欲望满足从"人与人之间的关系"转向"人与物之间的关系"，导致人们的恋物情结不断上升。这种转化也与城市不断扩张有关，城市规模越来越大，人际关系越来越淡化，甚至出现邻居互不认识互不往来的现象。但是，这并不证明人与人之间不需要情感沟通和宣泄，只是沟通方式由线下变成线上——社交媒介的兴起令人与人之间的沟通变得简单快捷，而互联网的匿名性又使得这种情感交流和宣泄变得十分微妙，在交流双方都不知道对方真实身份的情况下，大家可以随意编造虚假故事或者讲出最真实的心里话。网上聊天实际上是一种情感消费的形式，一种对虚拟情感的消费。这种对虚拟情感的消费是对现实中人际关系疏远化和人情淡化的一种补偿形式。②

什么是情感？战国著名思想家荀子在《荀子·正名》中指出："性之好、恶、喜、怒、哀、乐谓之情。"荀子认为情为事物的本性，是与生俱来的。唐代诗人白居易在《庭槐》这首诗中写道："人生有情感，遇物牵所思。"白居易认为人的情感会随着环境变化而变动。到了现代，随着自然科学的发展，人们越来越意识到情感的重要性，情感作为一个重要变量逐渐进入研究者的视角。如果把人类看作一个整体，把每个人情感集合起来，人类情感与社会一直存在着各种纠缠并产生了一种综合力量。换句话说，个人的情感带着明显的时代烙印，并具有强烈的社会性及社会阶层性。不同学科对情感的定义不同，很难形成一个标准化的答案。从心理学角度来看，情感是与生俱来的，并随着周遭事物的变动而令人产生生理及心理上的反应，属于纯粹的个体行为。从文学角度来看，文学就是人类情感的集中表达，如果要研究一部文学作品，就必须剖析作品所表达出来的情感。情感是文学的灵魂，如果离开情感，文学就失去其作为反映公共社会的基本能力。从社会学角度来看，情感是维持或改变社会现实的能量，对社会的结构和文化具有重要的影响。③随着社交媒介的兴起与普及，情感传播日常化。人们基于一定情境和机制而展开人际互动和群体互动，从而达到情感和意义的共享。④消

---

① 王宁.消费社会学［M］.北京：社会科学文献出版社，2011：87.
② 王宁.消费社会学［M］.北京：社会科学文献出版社，2011：97.
③ 特纳.人类情感：社会学的理论［M］.孙俊才，文军，译.北京：东方出版社，2009.
④ 蒋晓丽，何飞.互动仪式理论视域下网络话题事件的情感传播研究［J］.湘潭大学学报（哲学社会科学版），2016，40（2）：120-123，153.

费与情感紧密相关，消费过程不单单是一个商品交易的过程，也掺杂了人类的各种情感因素。

学者王宁把情感消费分为七大类，分别是心理咨询产业、流行性文艺产业、娱乐产业、体育产业、旅游产业、大众传媒产业、电脑网络产业。① 消费者在消费这些情感消费品时，事实上获得的是一种情感宣泄或者情感认同。随着消费文化的深入发展，流行性文艺产品逐渐成为情感消费市场上的主要商品。通俗小说属于流行性文艺产品中的一种，它的诞生与消费市场的发展相关。中国改革开放后，市场经济逐步取代计划经济，市场经济模式强调经济效益，国家政策允许一部分人先富起来，个人主义价值观获得一定的合法性。20世纪80年代初期，新时期文学兴起，历经伤痕文学、反思文学、改革文学、寻根文学、先锋小说、新写实小说等思潮，文学从高度集中一体化生产机制逐步向市场化、个性化转变。从技术层面来看，纸质印刷技术获得大幅度提升，直接导致长篇小说这种叙事文本扩大化发展，而电视机的普及化、电视剧的大量制造，使得长篇小说的表达方式呈多样化局面，并吸引了更多不同文化层次的读者。为了赢得更多消费者的喜爱，迎合大众口味的通俗小说开始流行，日常生活成为通俗小说创作的主题，而大众消费者的喜爱又进一步促进了文学日常化的发展。通俗类小说获得了消费市场的认可，并获得了相应的经济收益，但是它并没有打破精英文化与大众文化之间的壁垒，精英文化依然牢牢占据着社会文化的主导位置。但此时精英文化的弊端也呈现出来：因为秉承传统的家长式说教方式，缺乏亲民性，无法与平凡大众建立一条畅通无阻的情感沟通大道，大众的情感需求依然是一个较大的缺口。

大众情感总会找到一个突破口。20世纪90年代初期，港台通俗小说大量进入内地（大陆）文学市场，年轻人如同寻觅到知音般雀跃。港台作者抛弃传统文学中的写作模式和"大写的人"的叙事主题，纯粹强调小说给读者带来的情感欲望，这种写作方式令很多文学青年跃跃欲试，想要尝试这种新颖的写作方式。这种不考究人性、只关注情感满足的创作方式，受到了传统文学本能的排斥。在中国落地不久的互联网却给情感丰沛的年轻人提供了一片不受约束的自由之地，中国原创网络文学便诞生在这个背景之下。关于网络文学的定义直至今日仍然存疑，因为网络文学本身还在变化发展中，因此每个时段的定义都有它的时代局限性。2002年，学者黄鸣奋在论文《网络华文文学刍议》中认为，网络文学是以网络作为平台而发展起来的。它的繁荣离不开网络商的支持。② 1998年蔡智恒的《第一次亲密接触》宣告了中国原创网络文学的诞生，但

---

① 王宁.消费社会学［M］.北京：社会科学文献出版社，2011：94-96.
② 黄鸣奋.网络华文文学刍议［J］.华侨华人历史研究，2002（1）：16-21.

是这并不意味着网络文学以一种独立文化姿态出现在大众面前，它的存在与发展依然附庸于传统文学，所以，黄鸣奋提出的这个定义显然不适合网络文学的现状。2004年，学者欧阳友权在其著作《网络文学本体论》中认为，网络文学是一种用电脑进行创作、在互联网上进行传播、供网络用户浏览或参与的新型文学样式，包括三种常态：一种是传统纸质印刷文本电子化后上网传播的作品，这是广义上的网络文学，与传统文学的区别仅仅体现在传播媒介不同；第二种是在电脑上创作、网上首发的原创性文字作品，这类作品与传统文学不仅有载体的区别，还有网络原创、网络首发的不同；第三种是利用多媒体电脑技术和 Internet 交互作用的超文本、多媒体作品，以及借助特定软件自动生成的机器之作。① 欧阳友权提出的这个定义存在两个弊端。第一个弊端是他忽略了（也无法预见）媒介融合的力量，媒介融合背景下包含网络文学在内的文学作品会以各种方式呈现于互联网上，如果按照欧阳友权提出的这个定义，所有线上文学都可称作网络文学，这显然是不合适的。第二个弊端是欧阳友权提出的这个定义忽视了网络文学的商品属性。2003年网络文学刚刚确立了 VIP 收费制度，其商品属性还未全面展现，但是当下的网络文学早已扩张成一个巨型的网络文学市场。基于此，邵燕君在其论文《网络文学的"网络性"与"经典性"》中提到，网络文学并不是指一切在网络发表、传播的文学，而是在网络中生产的文学。也就是说，网络不只是一个发表平台，同时也是一个生产空间。② 换句话说，时至今日，网络文学已经成为一种情感消费品，作者成为数字从业者，读者成为消费者或者用户，各种资本介入的网络文学网站成了平台资本方。

随着互联网线上支付功能的兴起，网络文学 VIP 收费制度成为可能，而智能手机的诞生令网络小说创作与阅读获得"随时随地"进行的自由，这些因素合力催生了巨大的互联网文学市场。这个市场是以 VIP 收费制度为主导、建立在"粉丝经济"上的"生产—消费—再消费"一体化循环系统。建立在互联网基础上的网络文学，不但打破了印刷媒介主观能动性的凝固化，作者可以随时获取读者反馈并及时更新自己的言论，而且打破了以作者思维为主导的传统文学的单一叙事模式，读者可以借助互联网上信息的快速沟通性参与到作者的创作过程，甚至还可以与作者在线讨论创作思路。在这种文学样式下，文学作为作者个人意识形态的意义遭到抛弃，作者更像是负责满足用户欲望的文化产业工人。作品即商品，读者即消费者，网络文学成为一种商品，即一

---

① 欧阳友权.网络文学本体论［M］.北京：中国文联出版社，2004：17.
② 邵燕君.网络文学的"网络性"与"经典性"［J］.北京大学学报（哲学社会科学版），2015，52（1）：143-152.

种情感消费品。

在这个基础上，作为情感消费品的网络文学抛弃传统文学的评判标准，完全遵循消费市场的运行机制。它必须把消费者的喜好摆在首要位置，以消费者的"代入感"和"爽"感作为评判一部作品的标准，而不是文学强调的"公众关怀意义"。"爽"感是网络文学中的用语，这个词并不单单指"快乐"，而是指读者在看小说过程中感受到的快感。这种阅读的快感与阅读传统文学时产生的共鸣不同，这是读者、作者、网络小说中的角色三者共同作用下制造的快感，它让读者有一种身临其境的错觉，在阅读过程中会把自己代入网络小说中的角色，幻想自己的命运与网络小说中的角色命运融合在一起，随着她/他的情绪起伏而起伏。网络文学作者为了获得收益，必须学会操控读者的欲望，一旦这种操控变成一种"满足—上瘾"机制，才能真正地驯服读者，令读者成为自己的粉丝。所以网络小说篇幅大多非常长，动辄一百万字，一个情节紧扣下一个情节，作者每天持续定量更新。打一个不恰当的比喻，有点类似驯养员定期投喂读者，让读者习惯这种口味和投喂时间。这个背景下，不难理解为什么有些学者说："一个成功的网络小说家，意味着有一个不断扩张的情感共同体风雨同行，他事实上主宰着共同体的行进方向、喜悦与哀伤，人们叫这样的小说家为'大神'。"①

在单一付费阅读时期，作者创作以满足"读者欲求"为首要目标，虽然作者创作与读者反馈都在线上进行，但这个空间相对比较封闭，作者在签约的小说网站平台进行创作，读者在特定的平台阅读、与作者交流，各大网站并没有完全互通实现资源共享，博取读者注意力资源更多是依靠滚雪球式传播。现在，这种情况发生了一些变化。随着网络文学行业的发展，商业资本大量介入该行业，商业资本、互联网与文学结合，文学网站被收购、兼并或者合并。这意味着一部网络小说的读者基数被扩大数倍，网络小说的评判标准从单个网站的读者点击率变成全网影响力，作品的利润杠杆被放大数倍。截至 2023 年 12 月，我国网络文学用户规模达 5.20 亿。②依经济常识判断，规模巨大的用户群，往往意味着可以产生巨额的经济效益。另外，还有一种变化也值得注意，借助强大的互联网技术，大众媒介越发具有独立能力。马歇尔·麦克卢汉曾在 1964 年提出，"媒介即讯息"，③这句话放在当下中国消费文化语境里来看一点儿都不过时。全球化捆绑着互联网呼啸而来，媒介的作用越发强化，民众所看到的"景观"是由媒介呈现的，甚至可以说，民众所看到的"景观"不仅仅是媒介呈现的对象，更可

---

① 康桥.网络文学中的愿望—情感共同体：读者接受反应研究之一［J］.南方文坛，2013，155（4）：49-54.
② 中国互联网络信息中心.第 53 次中国互联网络发展状况统计报告［EB/OL］.（2024-03-22）［2024-04-18］.http：//www.cnnic.net.cn/hlwfzyj/hlwxzbg/hlwtjbg/.
③ 麦克卢汉.理解媒介：论人的延伸［M］.周宪，许钧，译.北京：商务印书馆，2000：3.

能是媒介刻意呈现的结果。比如经典的广告台词,"人头马一开,好运自然来",这句广告词直接把好生活作为价值观来鼓吹,令消费者看到一种单箭头的线路图,"只要你买了我的商品,你就是过上好日子的人"。

对于这种现象,法国思想家居伊·德波认为:"景观就是这个时刻,这时的商品已经成功地实现对社会生活的全部占领。不仅景观与商品的关系清晰无疑,而且人们看到的世界就是景观的世界。"① 学者樊尚·考夫曼进一步强调:"以前,景观或多或少是消费型社会的'代言人',确切地说,它支撑了消费型社会,避免了它的崩塌。而今天,'景观'也许是它自己的代言人,它为它自己的公众关注度代言,因为无处不在的'注意力'占据着主导地位。"② 考夫曼总结了消费时代文学的特点:注意力和公众关注度是其核心。依靠群众和大众传媒进行运作,媒介不但具有反馈信息的作用,还具有主观能动性,以此证明自己对公众关注度的掌控能力。身处媒介时代下的作者如果想让自己的作品在消费市场上获利,只能适应"景观"法则。在这种背景下,网络文学产生如下两种现象:第一种是作者明星化、作品IP化泛滥;第二种是网络小说生产过程按照不同消费者的阅读需求进行更加细致的"分门别类",网络文学的类型化与同质化现象加剧。这两种现象的兴起与发展又反过来加速网络文学的商业化。接下来,我们将讨论网络文学发展过程中出现的这两种现象。

第二节 资本与市场的影响

美国学者哈特曾说过:"娱乐工业和各种文化工业的焦点都是创造和操纵情感。"作为一个满足读者情感欲望的文学载体,网络文学在生产过程中必须准确把握住读者的情感需求。一部网络作品的阅读时长有限,当读者阅读完一部网络作品,就意味着一次情感消费行为的结束。如果作者想要持续获利,需要对读者进行驯化,来提高读者的忠诚度和消费黏性。在单一付费时期,单个网站内部以各种排行榜激励作者及向读者推荐作者,而网站内的推荐机制,比如投票、争榜、打赏等方式,促使网络作者驯化自己的读者群。这种驯化过程单靠一部网络小说无法达到目的,也无法长期吸引读者的注意力,所以在单一付费时期,每个作者都会建立自己的读者QQ群,作者会在QQ群里询问作品反馈,并根据这些反馈及时修改作品,甚至还会在QQ群发放一些

---

① 德波.景观社会[M].张新木,译.南京:南京大学出版社,2017:22.
② 考夫曼."景观文学":媒体对文学的影响[M].李适嬺,译.南京:南京大学出版社,2019:52-53.

免费章节作为粉丝福利。这种驯化的结果，促进了网络文学诞生最早的"粉丝群体"。"粉丝"一同来源于英语单词 Fans，指狂热的追随者和支持者，是"过度的读者"[①]。与普通消费者相比，粉丝对产品的忠诚度更高。粉丝还会为了满足自己的需要对文化商品进行"生产性使用"[②]。

随着媒介融合的发展，网络文学市场不断扩大，其内涵亦发生变化。媒介融合，其中最重要的是社交媒体的使用，其不但成为人们获取信息的重要渠道，而且深度融入日常生活。未来的媒体，用户才是其最重要的资源。[③]网络文学生产与传播不再局限在单个平台，而是以多种形式在多个平台进行开发与传播。其内容表现形式不限于电子文本，还包括电视剧、电影、动漫、游戏及周边衍生品，即所谓网络文学 IP 化（Intellectual Property）。建立在媒介融合上的网络文学"粉丝经济"，通过调动粉丝的参与性与互动性，建立起一个以情感认同和情感信任为基础的圈子，促使粉丝群体扩大并加速变现，从而建立以网络文学 IP 为核心的巨大文化产业链。粉丝、偶像及商业机构等以社群为平台实现了广泛的连接与合作，创建了多元的商业合作方式。[④]动辄上千万或者过亿点击率的网络文学作品，带来的"粉丝经济"效益是巨大的。据《新华·文化产业 IP 指数报告（2022）》数据显示：文学作为 IP 改编源头的地位依旧稳固，在"文化产业 IP 价值综合榜 TOP50"中，原生类型为文学的 IP 有 26 个，占比 52%，其中超八成为网络文学 IP。[⑤]另据《中国网络文学白皮书（2021）》的数据显示，2021年网络文学 IP 改编为影视剧目的数量超过 100 部。以唐家三少的《斗罗大陆》为例，根据起点中文网数据，截至 2022 年 6 月，相关作品总推荐数最高已达到 1,355 万，已完成了出版、有声、动漫、影视、游戏等形式的衍生改编，根据《斗罗大陆》改编的游戏更是在游戏榜单上名列前茅。未来，网络文学 IP 化将会继续发展，并将展示出持续性、精品化的运营趋势。

另外，在媒介融合背景下，网络作者不单单是一个文字内容输出者，而且可以演变成个人"品牌"，作者和作品的可开发空间及利润都获得了极大的延展。单一付费时代，网络文学作者都是隐身在文字之后的，读者根本不知道文字背后作者的真实身份和面貌，作者也非常乐于做一个隐身的写作者。但是现在这种情况发生了变化，大量

---

① 费斯克.理解大众文化[M].王晓珏，宋伟杰，译.北京：中央编译出版社，2006：173.
② 费斯克.理解大众文化[M].王晓珏，宋伟杰，译.北京：中央编译出版社，2006：27.
③ 陈力丹，史一棋.重构媒体与用户关系：国际媒体同行的互联网思维经验[J].新闻界，2014（24）：75-80.
④ 蔡骐.社会化网络时代的粉丝经济模式[J].中国青年研究，2015，237（11）：5-11.
⑤ 中国经济信息社.新华·文化产业 IP 指数报告（2022）[EB/OL].（2022-12-31）[2023-03-23].https：//www.chinaxwcb.com/info/583658.

商业资本介入网络文学行业，形成了一个巨大的网络文学市场及拥有上亿读者的阅读市场。网络作者明星效应与粉丝经济结合在一起，并直接导致"大神"的称谓从兴起到普及化。①2015年腾讯文学整合原盛大文学的资源，成立了阅文集团，将网络文学生产、阅读与文学IP培育开发等项目整合起来；之后，阿里文学与新浪阅读、塔读文学和长江传媒达成深度战略合作协议，在微博自媒体平台在作品互动传播、联合培养新作者及影视和游戏IP衍生等多方面展开深度合作等。这些不断出现的资本整合、重组事件预示着网络文学的市场正在持续扩大，一部网络文学作品不单单是面对读者群体，而且还要面对资本市场的考验。网络作者作为情感商品输出方，必须尽可能地吸引读者注意力，特别是能拥有一定数量的忠诚读者，巨大的粉丝群体可以令其作品畅销，带来巨大的经济效益。反之亦然，如果一个人拥有一定数量的忠诚读者，也可以选择成为一名作者，发表他署名的网络小说，同样可以获得高额利润。

从这个角度来说，网络作者如果想从文学市场上获得更多的利润，必须服从注意力经济规律，不能再像过去一样隐藏在文字之后，必须向媒体和读者证实自己的能力，必须学会营销自己和作品，必须令自己的作品永远涵盖社会流行话题。法国哲学家福柯的"话语秩序"的关键"作者—功能"如今却成了注意力资本的副产品（spin-off），而注意力资本也越来越系统化地和话语中的所有权威脱钩。②在媒介融合背景下，每个人都拥有话语权，平台的注意力显然成为一种通行货币，拥有较多"注意力"的作者可以让市场不在意他的作品好坏，只因为他的影响力便可以促使其作品获得较好的销量。注意力本身并没有价值，但是把它置于平台媒介上，注意力便与流量挂钩，成为数字经济中最重要的一种因素，可以被操纵，转化为财富。作为一种社会科学的研究对象和框架，注意力这个概念也可引入文学研究，并产生积极的效用。特别是对于网络文学而言，读者的关注和兴趣，作者的生产和创作，网络平台的传播和销售，都与注意力密切相关。

媒介融合加剧了市场上的注意力争夺力度。媒介融合的过程令信息交流变得迅速便捷，信息的快速交流又令"时间"这个概念在商家眼里变得十分重要。商家希望可以在短时间内汲取到用户的注意力，同时又渴望可以长时间黏住用户的注意力，因此，大众传媒的作用变得越来越重要。在大众传媒的宣传下，商品本身被赋予了更多的符号意义。鲍德里亚指出，在"消费过程"中人们从来不消费物的本身（使用价值），人们把物用作突出自身的符号——一种身份的符号，要成为消费者的对象，物品必须成

---

① 网络文学语境中的"大神"指代那些稿费收入较高的网络作者，究其内涵，就是把网络作者"明星化"。
② 考夫曼."景观文学"：媒体对文学的影响［M］.李适嬿，译.南京：南京大学出版社，2019：76.

为符号。① 明星本身是商品符号化的一部分。"明星效应"就是将用户的物质消费需求转化为符号意义上的情感消费。借助互联网技术和媒介融合的强大作用，资本通过大规模的市场化运作将明星及其周边附属品作为整体商品销售给粉丝。粉丝是消费者，同时又反作用于市场，成为"明星效应"的生产动力。除了原著粉丝对改编剧的贡献，IP 开发者把"粉丝经济"发挥到极致，这些改编的影视剧邀请了当下人气最高的明星出演，娱乐明星也带来大量的粉丝，这两拨粉丝聚集在一起，贡献了上亿的经济效益。当资本方发现，只有通过无休止劳动才能让生产资料持续转变为商品以获取更多的货币，最终实现资本积累时，资本支配一切的经济权力就开始发挥作用了：一方面，利用媒介服务和 App 应用方面的创新以及数字技术的革新，其在网络平台上创建了无数个"偶像生产车间"，如微博空间、微信群、百度贴吧、线上后援会等；另一方面，其利用数字技术赋予粉丝从大众文化的接受者、传播者到生产者转变的权力，引导无数粉丝主动加入了"偶像生产车间"，主导粉丝成为"数字劳工"。② 不得不说，粉丝力量巨大，粉丝已经成为情感消费市场上的中坚力量。

2018 年公布的第十二届"网络作家富豪榜"③，排名前三的作家分别是唐家三少（13,000 万元）、天蚕土豆（10,500 万元）、无罪（6,000 万元），远远超过榜单其他作者，排在最末尾的网络作者犁天只有 660 万元的版税收入，勉强达到唐家三少的 1/20。这个榜单本身就是作者"明星效应"最好的反映。作为"人气天王"的唐家三少在微博上有接近 600 万粉丝，同时还是中国作家协会主席团委员。面对巨大的粉丝数量，唐家三少一方面受益于粉丝经济带来的巨大效益，另一方面又被"明星效应"局限其创作区域。大部分学者认为他的创作始终停留在浅显的趣味层面。文学本该担负起社会先觉者的角色，特别是坐拥几百万粉丝的作者，更应自觉承担起促进社会变革的重担。但是唐家三少却固执地把创作方向精准定位在涉世未深的年青一代，"我最主要的读者，一直都是 8 岁到 22 岁这群人，最关键的是要抓住他们"④。所以才有学者做出如此评价，网络文学的意义恰恰并不是催生高质量的单文本，而是在海量生产与阅读相互促进的基础上类型的加速进化，以及在进化过程中所进行的各种思想实验。⑤

可以说，网络作者身处这个时代，已经不能做一个纯粹的作者，而更像一个娱乐

---

① 鲍德里亚.消费社会［M］.刘全福，全志刚，译.南京：南京大学出版社，2000：48.
② 金一凡.双重异化与能动剥削：基于养成式综艺内部粉丝数字劳动的质性研究［J］.东南传播，2021，208（12）：6-11.
③ 华西都市网.网络作家榜 唐家三少不再一枝独秀 双柱头撑起网络作家榜［EB/OL］.（2018-04-10）［2023-03-24］.http://news.huaxi100.com/index.php?a=show&c=index&catid=18&id=987057&m=content.
④ 张鑫佩.《斗罗大陆》"小白文"式书写的自觉［J］.名作欣赏，2018，619（23）：64-65.
⑤ 褚卉娟.说书人与梦工厂：技术、法律与网络文学生产［M］.北京：社会科学文献出版社，2019：174.

明星，他们要接受记者专访，要像明星一样拍摄各种时尚照片来展示自己，甚至还会接受广告商的赞助参与各种品牌的宣传活动，以此来扩大自己的影响力和公众关注度。学者樊尚·考夫曼在"注意力经济"理论的基础上指出，它（公众关注度）不是所有人都可以拥有的；我们不打造也不复制所有人的形象，这就是为什么从互联网获得的公众关注是模棱两可的：因为从技术层面来看，所有人都可以获得公众关注，所以它并没有真正的价值，是微不足道的，也是民主的。[①]换句话说，如果要保持持续注意力，商品本身也应该具备吸引注意力的特征。另外，注意力经济也和信誉相关联，一旦粉丝发现自己被欺骗，原本对于商品或者明星的忠诚度会大打折扣。不可否认，遵循注意力经济规律，会给网络文学作者及其 IP 开发者带来可观的经济利益，但是一味追逐经济效益，会将网络文学中的文学性完全剔除，最终令整个行业难以健康发展，无法再持续获利。这说明，网络文学在遵循注意力经济规律的基础上，也不能完全抛弃文学性。如果网络文学作者为了迎合读者趣味，完全不顾真实历史与社会道德，对于遣词造句毫无讲究，作品缺乏揭示社会真实的力度，这种"肤浅"的文学作品迟早会被市场淘汰。

第三节　类型文的独异面貌

上文已经提到，商品化的网络文学变相取消了文学的评判标准，而将网络文学作品以及 IP 衍生品完全置入消费市场，接受消费用户的"检阅"。用户的代入感与"爽"感成为网络文学好坏的评判标准，这种评判标准导致网络文学的发展不得不遵循市场经济规律：如果销量好，即大量复制；如果销量不好，则会快速被新的产品更替。所以在网络小说创作过程中，如果一部小说销量不好，绝大部分作者或者网站编辑会选择放弃，转而把生产力投入其他作品。另外，从网络文学生产的特殊性来看：生产和消费几乎在同一时间发生；大多数网络小说字数都超过一百万字，作者如果不及时更新或者更新速度太慢，很快就会被读者抛弃。在这种情况下，网络文学作者最好的创作模式就是在固定模式下进行内容编写，这种"固定内容模式"是已经被消费市场"检阅"、属于可以"获利"的文字内容，所以按此模式生产出来的作品是"安全可靠"的，这就是网络小说类型化、套路化。

值得注意的是，小说类型化并不是网络文学的独创，20 世纪 90 年代，随着市场

---

① 考夫曼."景观文学"：媒体对文学的影响[M].李适嫘,译.南京：南京大学出版社,2019：79.

经济的发展，中国当代小说就已呈现显著类型化现象，其中以春风文艺出版社策划的"布老虎系列"丛书最为著名，之后还衍生出"小布老虎"丛书、"金布老虎"丛书及"布老虎青春文学"丛书等。学者葛红兵肯定了中国当代小说类型丰富的现象，并且认为："小说创作的类型化是经济市场化深入发展的结果。经济市场化的深入发展带来了社会的阶层化，社会的阶层化导致了文学审美趣味的阶层化。"[①] 这也可以解释纸质文学刊物式微的原因。虽然一大部分原因是网络文学的兴起，但一个深层原因其实是纸质刊物没有适应文学市场的变化，如果想要在文学市场上获得生存空间，就必须找到自己的市场定位，以及精准定位读者阶层，才能使得杂志销量上升，从而获得相应的利润。

网络文学生产模式的全面铺开，必然导致网络文学作品存在大量类型化、同质化的现象。从 2003 年 VIP 制度确立算起，这二十多年间产生了成千上万本网络小说，根据传统文学的常识推断，这些小说的剧情与主角应该各具特色，但是纵观网络文学市场上流行的桥段与主角形象，绝大部分趋于同质化，而大量读者明知情节雷同，依然前赴后继贡献着点击率。解释这种以传统文学视角看来的反常现象，必须跳出文学文本，借助平台经济理论，从网络文学生产模式视角出发，才有可能找到答案。

首先，从网络文学生产来看，类型文适合大批量生产。2003 年 VIP 收费制度确立了网络文学作品的商品属性，使得网络文学作品成为一种可以销售的情感消费品，同时也是网络文学作者从"写作"走向"生产"的标志。网络文学网站作为一个"售卖场"，向生产者（作者）收取一定比例的分成。此时网络文学作者类似"计件工"，网络文学网站按照其实际生产作品的数量计算薪酬。在网络文学生产模式中，网络文学作品作为一种情感消费品，情感在此成为一种具有交换价值的商品。计算机软硬件和网络服务搭建的数字平台不仅成为劳动者的生产资料，更是情感劳动的载体：满足特定期待的情感以文字、图片、音频、视频等媒介信息形式在数字平台上（以及在不同数字平台之间）传播和交换。[②] 为了获得收益，签约作者必须学会操控读者的情感欲望，一旦这种操控变成一种"满足—上瘾"机制，便真正地驯服读者，令读者成为自己的粉丝。所以网络小说篇幅大多非常长，动辄一百万字，一个情节紧扣下一个情节，作者每天持续定量更新，使作品与读者之间产生黏合效应，如果不及时更新或者更新速度太慢，则会被读者抛弃。所以，最佳的创作模式就是在固定模式下进行内容编写。

---

① 葛红兵，肖青峰. 小说类型理论与批评实践：小说类型学研究论纲 [J]. 上海大学学报（社会科学版），2008，86（5）：63-74.
② 姚建华，王洁. 虚拟恋人：网络情感劳动与情感关系的建构 [J]. 青年记者，2020（25）：48-49.

以霸道总裁类型文为例，它的基本设定如下（见表 1）。

表 1　霸道总裁类型文基本设定

	职业	人物标签
男主角	总裁	物质财富丰厚、社会地位较高、性格霸道、身材健硕
女主角	随机	家庭贫困、社会地位较低、心地善良、身体柔弱、情感经历为零
基本剧情		霸道总裁爱上普通女孩的爱情故事

霸道总裁类型文给广大女性展现了一个可以接近中产阶层及以上阶层的机会，这个机会看上去非常容易获取，仅仅通过女性的美貌和身体就可以换取。女性读者在阅读霸道总裁文时，极其容易把"平凡"的自己代入"平凡"的女主角身上，幻想着自己也会有朝一日遇见爱上自己的"霸道总裁"，假性物欲与情感需求获得极大的满足，这就是霸道总裁文带给女性读者的"爽"感。在市场的号召下，大量签约作者加入霸道总裁类型文的制造过程，实现从"情"到"钱"的变化。

其次，从网络文学的销售来看，类型文非常方便平台开展宣传与售卖。打个比方，人们去超市购物时，商品会分门别类摆放在货架上任由顾客挑选，售货员还会把打折促销商品或者刚刚上市的新品摆放在超市最显眼的位置，以便顾客一进超市就能看见这些商品。消费者可以根据自己的情感需求，在平台的推荐页面挑选不同的类型文，尝试不同的"爽"感和代入感。平台根据读者阅读喜好的数据调整销售方向，并把数据反馈给编辑，通过编辑控制签约作者"内容生产方向"；另外，平台会根据市场发展需要，制造新的情感欲望，开发新的类型文，引导读者情感需求进行消费。网络文学生产与销售模式都决定了网络文学的类型化特征。

最后，类型文并不是固定不变的，当一个类型文发展到饱和阶段，读者呈现明显的阅读疲惫时，新的类型文会孕育而出。这并不是偶然现象，而是体现了一定的规律性，这种规律即市场经济发展的一般规律。消费市场上某种商品趋于饱和，消费者的消费欲望不再旺盛，自然就会诞生新的商品。以女性穿越文为例，最开始的穿越文直接继承台湾言情小说"男强女弱"的爱情模式，女主角全心全意谈情说爱，对于权力与财富的欲望并不太浓烈，代表作有金子的《梦回大清》、桐华的《步步惊心》等。接着，宫斗类型文从穿越文中分裂出来，充满欲望的女性角色出现在各种皇权斗争中，宫斗文中的女主角也被赋予"大女主"的称谓，代表作有流潋紫的《后宫·甄嬛传》与《后宫·如懿传》。之后，种田类型文兴起，女主角们一改"大女主"对权力的渴望，转而承认男性的领导权，并在这种环境中积极寻找适合自己的位置，代表作有关心则乱的《知否知否应是绿肥红瘦》。类型文的变化并不是由一方决定的，而是在劳—资—客三方共同的作用下发生的，"所谓类型并不是任何人规定的，而是作者和读者在长期的文学实践中以真金白银协商出来的契约，它和人的基本欲望模式、思维模式、阅读模式深层相关"①。

总而言之，网络文学生产模式导致网络文学类型化现象。在这种生产模式之下，网络文学生产必须以获得利润为内在驱动。在利润的驱动下，作者生产着满足各类情感需求的网络类型小说，不断满足读者各类情感需求，进而完成利益的获取。而网络文学的类型化也有效地促进网络小说批量生产，并导致读者习惯性享受快餐式的一次性情感消费行为，而不是去追究内在营养的贫乏与空洞。这种情感消费行为如果不加以干预，而是任由网络文学平台逐利而行，将会导致网络文学彻彻底底丧失其文学意义，不但没有满足人的精神性需求，反而培养了读者对网络文学这种情感消费品的更大欲望。

随着互联网技术的发展，读者数据收集变得方便快捷，平台方不但可以精确定位读者的年龄和偏好，甚至还能知道读者最喜欢作品的哪一章、在哪一段话上停留的时间最长等信息。考夫曼把这个信息收集过程称为"客房服务"，他把这种高科技数据收集软件比作客房服务生，"一位优秀的年轻侍者，知道我们早上所品咖啡的温度，或者知道我们喜欢什么品牌的白兰地，而现在的数码食人魔也很快成为非常优秀的年轻侍者，它们能够从细节入手，为您打造只属于您的客房服务"②。各种高科技写作软件向作者提供便捷的服务：针对读者总结归纳最吸引人的句子和情节，作者如果希望作品可以在短时间内赢得利润，使用这些科技产品进行写作既简单又省力。随着科学技术的发展，一些日常数据结果，例如天气预报、股市结果评析等都可以用电脑自动撰写，甚至还出现自动生成文字的"人工智能软件"。③ 人工智能参与文学创作，不仅会产生著作权归属、著作权纠纷等法律问题，更让复制和抄袭变得不易察觉，在文学领域尤其如此。这种迎合用户的创作方式虽然方便快捷，却剥离了文学的独创性，导致网络文学出现同质化、"情节雷同"等现象甚至是抄袭现象。毫不夸张地说，信息时代就是一个复制时代。

我们可以通过以下这个案例来分析和探讨"情节雷同"现象。2017年2月15日，

---

① 邵燕君. 从乌托邦到异托邦：网络文学"爽文学观"对精英文学观的"他者化"[J]. 中国现代文学研究丛刊，2016（8）：16-31.
② 考夫曼. "景观文学"：媒体对文学的影响[M]. 李适嬿，译. 南京：南京大学出版社，2019：237-238.
③ 徐隽. 人工智能"创作"没有著作权（以案说法）[N]. 人民日报，2019-07-11（15）.

11位网络小说原创作家状告《锦绣未央》原著《庶女有毒》作者周静（笔名秦简）抄袭，维权作者们要求周静及销售商停止侵权行为并赔礼道歉。此外，还有网友发现《庶女有毒》抄袭了200部网络小说，这种大量的抄袭无法通过人工写作达到，只能是运用上文提到的"高级客房服务生"，才能从上百部小说中寻找到适合作品风格的句子和情节。《庶女有毒》首发于潇湘书院，由该小说改编的电视剧已于2016年在各大电视台播出。2019年6月20日北京市朝阳区人民法院依法对《锦绣未央》涉嫌抄袭11案进行一审宣判，法院认定《锦绣未央》抄袭行为成立。

在庭审过程中，被告提出的两个观点，不仅成为纠纷的法律焦点，也成为网络文学研究中的"亮点"。其一，无法认定网络作者的真实身份。"庭审中周静的代理人辩称，原告沈文文不是《身历六帝宠不衰》的作者，其无权提起本案诉讼……情节抄袭中均为公知领域题材和惯常写法，并非沈文文独创，且并不相似。"①"不具名"一直是网络文学行业里的潜在威胁，读者根本不知道作者的真实身份，如果要查询信息的原创出处，在这浩渺的信息世界里是一件极其艰难的事。"不具名"本身就有利于抄袭现象的产生。在这个案例中，网络小说《身历六帝宠不衰》作者在网络小说网站发表时，用的名字是"追月逐花"不是"沈文文"，沈文文不能证明自己是《身历六帝宠不衰》的作者，法院只能参照各种证据间接证明其是该书原创作者。

其二，"情节雷同"是不是抄袭？在《锦绣未央》抄袭案中，虽然被告认为情节相似不算抄袭，但是法院最后在判定中，特别强调了"情节抄袭"："《锦绣未央》在上述情节中，采用了《身历六帝宠不衰》中具有独创性的背景设置、出场安排、矛盾冲突和具体的情节设计，二者已构成实质性相似的情节，属于对沈文文《身历六帝宠不衰》著作权的侵害。"②尽管从著作权法的角度解读，作品是作者个体主观意识的反映，更是作者作为个体独特的生命体验，所以作品的"情节雷同"现象属于抄袭行为，因而法院在事实上认定这种抄袭情节的行为违反我国著作权法。但是，从文学理论的视角看，现行著作权法较少考虑作品与读者的关系，在立法理念上也缺乏对作品与市场关系的关心。

在跨媒介环境下看待情节抄袭行为，似乎又可以得出另一个结论。一个故事可以由一个或者多个媒介生产，再由不同的媒介通过文字、音乐、舞蹈、影像、VR、游戏等不同载体来讲述，最终形成一个让受众共情的故事世界。一部优秀的网络文学作品，

---

① 安健.小说《锦绣未央》被诉抄袭：北京朝阳法院认定小说侵权，判赔13万余元［N］.人民法院报，2019-05-09（7）.
② 安健.小说《锦绣未央》被诉抄袭：北京朝阳法院认定小说侵权，判赔13万余元［N］.人民法院报，2019-05-09（7）.

一方面需要给用户建构一个具备共享、社交特性的故事内核；另一方面这个故事还需要适合在不同媒介上叙事与衍生。新的文本在各种媒介的流转和断裂处生成，构成多元互联、流动自由、开放的空间系统，受众从任意媒介形态切入观看文本，用自己的思维和行为在建构互文链接的过程中获得内我式的、能动的、愉悦的体验。[①]这样来看，在网络时代，抄袭问题似乎会一直存在，而且会以精细化的方式海量地存在。如何认定抄袭，如何规制抄袭，如何预防抄袭，不仅是法律难题，也是文学难题。因而，从世界范围来看，保护文学作品永远都是一件比较艰难的事。

网络文学的类型化除了导致同质化现象频发，还令人工智能创作小说成为一种可能。人工智能创作文字早已不是新鲜事。比如无论是国外的 ChatGPT，还是国内的"文心一言""讯飞星火"等，其写作速度和质量都可以与自然人媲美。人工智能可以根据类型文的各种参数进行小说创作，甚至还能根据互联网提供的各种用户喜好数据撰写出更加符合读者欲望的文字。在这种情况下，数据收集变得极其重要，当科技发展到可以用人工智能软件对读者用户数据做出判断和总结并输出相对应的文字内容时，网络小说的生产者为什么不能由人变成机器？人工智能创作带来的写作伦理问题怎么解决？

2019 年，腾讯公司状告"网贷之家"未经授权许可，抄袭腾讯机器人 Dream Writer 撰写的财经报道文章《午评：沪指小幅上涨 0.11% 报 2671.93 点 通信运营、石油开采等板块领涨》，法院最后判定腾讯公司胜诉，这是我国人工智能写作领域第一案。[②]在庭审过程中出现的两个观点对于人工智能创作的文学价值研究非常有帮助意义。其一，人工智能创作出来的文字是否具有著作权？法院庭审认为，从涉案文章的外在表现形式与生成过程来分析，此文的特定表现形式及其源于创作者个性化的选择与安排，并由 Dream Writer 软件在技术上"生成"的创作过程均满足著作权法对文字作品的保护条件，属于我国著作权法所保护的文字作品。[③]也就是说，人工智能撰写的文字如果没有涉及抄袭问题，那么肯定属于原创文字内容范畴，必须受到法律的保护。其二，如果其创作的文字拥有著作权，那么这个著作权是归属于人工智能，还是人工智能的开发者？该判决书显示：涉案文章是由原告主持的多团队、多人分工形成的整体智力创作完成的作品，整体体现原告对于发布股评综述类文章的需求和意图，是原告主持创作的法人作品。[④]这是目前文学界与法律界争议最大的一个问题，人工智能是否

---

① 陈维超.跨媒介视角下 IP 网剧生产机制的新趋向［J］.当代电视，2019，374（6）：87-91.
② 张维.AI 生成作品具独创性受著作权法保护［N］.法制日报，2020-01-08（11）.
③ 袁博.从《锦绣未央》涉嫌抄袭看著作权侵权新类型［N］.中国新闻出版广电报，2017-02-23（6）.
④ 袁博.从《锦绣未央》涉嫌抄袭看著作权侵权新类型［N］.中国新闻出版广电报，2017-02-23（6）.

能够独立拥有著作权？这次案件中法院将 Dream Writer 创造的文字版权归属于法人作品，其著作权应该属于创造和发明 Dream Writer 的公司。人工智能的版权问题一直存在争议，尤其是随着人工智能技术不断发展，当它的独立文字创造能力不断获得提升并形成独立文学作品意识时，它的写作伦理问题必将成为文学界一个亟待解决的问题。

虽然我们不得不承认，或许在不远的将来，所有复杂的脑力劳动都会被人工智能替代，就好像中国网络文学刚刚诞生时，没有人可以预估到网络文学未来的发展前景，没有人可以想象到现在的读者已经由读"书"变成了读"屏"，一部作品的表现方式由文字变成了游戏、广播剧、电视剧及电影。对于人工智能是否会完全取代人类，其实大可不必过于忧虑，人工智能的出现和普及的确会取消掉很多现有的职业，但是又会创造出新的职业。模仿人类大脑进行创作的人工智能"创作"出来的文字属于文化商品，它的创作过程完全不是反映社会现实的，而是基于对消费市场上巨大用户群消费喜好的调查与总结，它更加不会对时代发展状况进行深刻反思。而文学作为人类意识的一种反映，它不仅需要存在一定的社会历史背景之下，同时还会随着社会历史变化而发生改变，它包含着历代人类的情感总结与经验思考。所以，我们得出结论，只有坚持网络文学的文学性，才能真正实现网络文学作为普罗大众"文学"的目的。如果我们一味地坚持网络文学的商业属性，仅仅根据用户的喜好和追求来进行类型文的创作，不但会被人工智能写作软件取代，同时也会导致只为追求"爽"感的网络文学越发向"粗俗"区域滑落。

过度在网络文学市场追求经济效益，必然导致"格雷欣现象"诞生。面对数以万计的网络小说，消费者很难确定某部小说的质量究竟如何，为了消除交易中对购买商品质量的不确定性，消费者会利用市场统计数据或者媒体发布的用户体验来选择性购买。基于这种背景，某些作者会制造滥竽充数的小说，因为"从优质商品中受益的主要是其统计数据受影响的销售者整体而不是单个销售者"[①]，大量这种操作会拉低网络文学作品的平均质量，导致消费者满意程度下降，影响整个行业市场规模。所以，一方面，网络文学发展需要遵循注意力经济，受到经济规律的支配和影响；另一方面，国家必须对其进行宏观调控，引导消费市场合理化发展。在当前，尤其需要以下几个方面的宏观调控：一是完善规范网络文学的制度体系，在著作权法律制度、互联网平台法律制度、纠纷解决法律制度等领域，适应消费社会中网络文学的特点，进行相应的完善，在制度层面为网络文学健康发展提供保障；二是完善对网络文学市场的调控，

---

① 阿克洛夫.柠檬市场：质量的不确定性和市场机制[J].经济导刊，2001（6）：1-8.

一方面保证网络文学市场的规范、有序运作，另一方面在市场失灵的时段和领域，以法律手段制裁违法行为（如侵犯著作权、不正当竞争等），纠正市场失灵；三是建立公平公正公开的评价体系，以社会主义核心价值观为基础，引导网络文学健康发展。作为一个行业，网络文学本身也要建立自律规则体系，避免非理性追逐经济效益。正如考夫曼所言："因为我们拒绝主观性的消失，而与文学频繁接触，则让主观化变得可能；因为我们还不打算放弃文学实践中具有建构性的主体间的相互性。"[①]保持网络文学的文学独立性，才能让网络文学走得更远。

---

① 考夫曼. "景观文学"：媒体对文学的影响[M]. 李适嬿，译. 南京：南京大学出版社，2019：46.

第二章　女性网络文学的情感生产机制

　　女性网络文学属于网络文学，同时也是当代女性文学的一部分。女性网络文学自身的商品属性令它逃不脱消费社会下的"欲望"消费，但是它的创作主体和阅读主体是女性，它不得不受到中国传统男权主义和现代女性主义思潮的双重影响，呈现出一种特有的矛盾。这种矛盾又因"中国现代女性没有经历类似西方社会激进主义向消费主义过渡的洗礼，而是直面改革开放后的消费文化冲击"而不断扩大化。20世纪90年代末期我国掀起一阵独立女性思潮，并掀起"身体写作""美女作家"等一波商业写作热潮，独立女性思潮并没有波及整个社会，更没有起到彻底翻新的作用，所以很快就被消费文化糅杂在内，无法再凸显其个性。接着，后女性主义思潮开始泛滥，令人意想不到的是，后女性主义受到大部分中国女性的拥护。造成这样的原因，目前看来主要有两点。第一，大量关于女性独立自主的西方译作被翻译成中文，甚至受过高等教育的女性还能通过互联网直接获取类似的知识。西方女性主义影响了中国当代女性作者的创作意识，她们开始自觉地在创作过程中注入女性解放与独立的思想。第二，中国社会转型后，中国女性发现自己的生存状态并不如想象中的平等。最简单的例子，如果女性过了30岁再换工作难度系数要远远大于男性，因为女性生育和哺育过程会占用公司资源，所以如果30岁以后的女性想要获得和男性同等的收入，需要付出更多的代价，才能保证自己不被男性排挤出职场。

　　在这种情况下，女性承认或者认同这个社会处于男性领导之下，更容易获得生存的便利性，所以不难理解为什么承认男性领导地位后的女性主义获得了极大支持。有趣的是，很多现代女性特别是都市女性嘴上说着"我是纯粹的女性主义者"，但是实际行为却显示她可能是一个"后女性主义者"。后女性主义思潮主要有三个基本观点："一是认为女性主义夸大男女不平等的问题……二是认为男女不平等的问题原本就不该被政治化……三是认为对于男女不平等问题不宜以对立态度提出，而应以寻求两性和谐的态度提出来。"① 这种口是心非的现状或许不是女性的主观本意，但是代表着当代女性普遍心态，换句话说，这种口是心非的行为才有可能换取更好的生存环境。网络文学的匿名性为"口是心非"的女性群体找到一个释放口。女性网络文学在消费文化与现代女性主义双重作用下，呈现出商品化、欲望生产及爱情叙事危机三大表象，这三大表象相互作用又相互制约，并对文本表层、女性形象塑造等进行渗透。本章将对这三大表象进行详细分析，究其成因及走向，并由此来透视消费社会下女性网络文学暴露和遮蔽的问题。

第一节 网络女性形象与欲望特征

欲望本来是一个心理学上的概念。随着人类步入消费社会，这个概念的外延发生了改变。消费社会下，人们的日常需要获得了满足，市场需要制造欲望来刺激消费者消费，欲望成为消费社会的生产动力，最终成为消费文化的基本主题。欲望时代，生活中的一切行为包括精神层面，比如情感、信仰和价值都被物化，无形的精神层面成了现成的、外在的物，可以直接在市场上进行交易。表面上以物品和享受为轴心和导向的消费行为实际上指向的是其他完全不同的目标，即对欲望进行曲折隐喻式表达的目标、通过区别符号来生产价值社会编码的目标。② 人们的消费欲望已经不单单是对某一物品的需求，而是对潜藏在物品里的差异的追逐，换句话说，人们不再依据出身、学历、职业来划分社会地位，而是通过人的消费方式和消费行为来定义人的社会地位，这种定义的改变直接导致攀比、羡慕及妒忌等情感欲望产生。视觉广告令这种情感欲望消费变得无处不在，比如我们经常在广告里看到面容姣好的女性使用某款护肤品或者喝着某款饮料向女性群体兜售幸福生活的标准，女性群体被广告引导消费，并以为这是在为自己消费，事实上她已经成为大众眼里的一种消费品，"它涉及的是一种功用性的女性化，其中一切自然价值如美、魅力、感性都随着那些指数价值如（虚假做作的）自然化、'线条'、表现度的出现而消失"③。造成这种现象的根本原因是消费社会的话语权依然掌握在男性手里，"物"和"性"最终端的消费对象是男性群体。尽管女性通过努力改变了少许现状，但女性依然摆脱不了成为一种消费品或者消费行为。比如，

---

① 李银河.女性主义［M］.上海：上海文化出版社，2018：293.
② 波德里亚.消费社会［M］.刘全福，全志刚，译.南京：南京大学出版社，2000：69.
③ 波德里亚.消费社会［M］.刘全福，全志刚，译.南京：南京大学出版社，2000：92.

大部分汽车广告里，总是存在一个打扮得体的年轻母亲和几个活泼的孩子，这些符号代表着一个中年男性的基本配置，而在啤酒广告中，女性的年龄则偏年轻化，打扮性感、举止轻佻，因为啤酒广告针对的是年轻男性，他们比中年男性更加喜欢视觉刺激。所以我们在描述作品中的女性形象时，其实是在剖析男性社会中的女性形象，这种形象的形成不仅来自女性自己的塑造，更多地来自男性社会直接或者间接的塑造。

中国社会对女性的塑造自古以来就存在，《周礼》《仪礼》《礼记》《论语》《孟子》等典籍里都存在对女性行为进行规范的内容，甚至还出现了专门的女性行为规范典籍，比如班昭的《女诫》、刘向的《列女传》、朱熹的《家礼》、温璜的《温氏母训》等。这些文化典籍存在的目的是维护中国传统等级社会，同时也奠定了中国传统女性的基本形象。《大戴礼记》中提到："妇有七去，不孝顺父母、无子、淫、妒、有恶疾、多言、窃盗。"① 如果丈夫或者夫家发现妻子存在这七种道德败坏的行为：对父母不孝顺、无法生育、私生活淫乱、妒忌心重、患有严重疾病、喜欢嚼舌根、有偷盗行为，则可以将其赶出家门。董仲舒在《春秋繁露》里提到："君为臣纲，父为子纲，夫为妻纲，"妻子的地位应该位于丈夫之后。《易传》里提到："家人，女正位乎内，男正位乎外。男女正，天地之大义也。"② 女人管家里的事，男人管家外的事，男女社会角色只有这样分配，才会形成和谐的局面。社会在变迁，经济水平发生翻天覆地的变化，人们的思想也获得了极大的解放。较之改革开放前，消费社会下的现代女性无论是在经济还是在生存环境上都获得了改善，而西方女性主义思潮以及有关西方女性生活方式的传入，令中国现代女性看到一个崭新的世界。随之而来的是，女性群体的经济收入上升，女性群体对话语权的渴望越发强烈，但却无法拥有相应的社会地位。比如，在广东省佛山地区嫁出去的女儿不能享有家庭财产的继承权，当地村民认为"嫁出去的女，泼出去的水"，还把嫁出去的女人称为"外嫁女"，外嫁女不能享用村里的福利和资源。③ 在这种社会背景下，性别平等成为一种无法实现的理想状态。作为被压迫的女性尽管心怀委屈，但是在很多时候对于这种不平等的现状只能保持沉默，因为争取性别平等是一件极其有风险的事。女性如果想要争取平等的权利，首先必须打破现有的性别秩序，而这就会毁掉已经获取的利益。客观上，由于出身、环境、能够得到的教育等的差异，女性在对父系性别秩序做出反应时需要以自身生存状态为依据，而不能超越它

---

① 王聘珍. 大戴礼记解诂 [M]. 王文锦，点校. 北京：中华书局，1983：255.
② 朱高正. 易传通解 [M]. 上海：华东师范大学出版社，2015.
③ 人民网. 外嫁女能不能分红 佛山高明有了界定办法 [EB/OL]. （2019-04-14）[2023-03-25]. http://gd.people.com.cn/GB/n2/2019/0410/c123932-32830071.html.

之上去追求抽象的"解放"。①所以不难理解为什么 VIP 收费制度确立后的女性网络文学较之前在女性意识和女性形象的塑造上更加保守，态度上更加趋向于向男权社会妥协。

　　法国作家波伏娃曾说："女人相较男人而言，而不是男人相较女人而言确定下来并且区别开来：女人面对本质是非本质。"②如果要准确描述女性网络文学中的女性形象，就要先了解女性网络文学中男性形象。女性网络文学中较为常见的一种男性形象是"霸道总裁"。狭义的霸道总裁特指都市言情文中的男主角，广义的霸道总裁不单单局限于"总裁"这个职业，古代君主或者皇亲国戚也可以属于"霸道总裁"范畴，甚至有些学者认为女性网络文学中的男性角色都是霸道总裁。这种观念比较武断，但也说明了霸道总裁角色在女性网络文学中的泛滥。霸道总裁主要有三个显著特点：物质财富丰厚、社会地位较高、性格霸道。如果再把他们的特征细化下去：长相英俊，身材健硕，住的是别墅，家里有保姆，豪车和司机是他出门必备的两个工具，公司员工众多，等等。在现代都市言情文里，霸道总裁属于消费社会的中产阶层，物质丰裕且社会地位较高，大部分霸道总裁都是私营企业主。有趣的是，大部分女性作者在描绘"霸道总裁"时都会选择隐藏其在商业上精于算计、老奸巨猾的一面，而是把侧重点放在他拥有的物质财富、社会地位及性格霸道上。为了衬托霸道总裁这三个特点，女主角的经济收入必须低于霸道总裁。有趣的是，女主角虽然社会地位卑微，但绝不可能是农民阶层，因为霸道总裁的活动范围不会出现在农村，女主角只有生活在大都市里，才能制造与霸道总裁见面的机会。相较于男主角性格的霸道，女主角的性格都是以柔弱可爱为主，作者还会赋予她们积极、乐观、坚强善良等传统女性的品格。读者把这种女性总结为"傻甜白"。女性读者从男女主角形象反差中，感应到作者暗藏的"物欲"暗示，爱情的发生使得女性的物欲变得合法化，使"平庸得到满足并得到宽容"③，

　　网络作者顾漫是第三代女性网络作者，她的网络小说《杉杉来吃》是一本典型的霸道总裁类型文。女主角杉杉是一个"80 后"都市现代女性。作者并没有花过多的笔墨去描绘杉杉的职场状态及她的生活方式，而是把故事侧重点放在杉杉与封腾的爱情故事上。杉杉与封腾的爱情模式是典型的"霸道总裁爱上我"。首先，杉杉作为一个成年女性，她对于封腾给予的爱情是无条件的信任，她无法用一个客观的眼光去判断这段感情的对错；其次，封腾给予杉杉的感情大部分情况下是以物质形式呈现的。言语

---

① 孙桂荣.消费时代的中国女性主义与文学[M].北京：中国社会科学出版社，2010：109.
② 波伏娃.第二性[M].郑克鲁，译.上海：上海译文出版社，2011：9.
③ 鲍德里亚.消费社会[M].刘全福，全志刚，译.南京：南京大学出版社，2000：14.

上,封腾的语气总是盛气凌人,杉杉在他眼中是一个低自己一等的女人。作者在这部小说里宣扬"男强女弱"的爱情模式,并默认这种模式会给女性带来幸福与财富,反之,男性如果愿意付出金钱,他也可以获得女性的青睐。

>他的声音不阴不阳的,简直像从牙齿缝里发出的。杉杉小心肝颤啊颤,总裁大人是真的满意吗?
>"所以,告诉你一个好消息。"
>"什么?"
>"我本来打算送你去酒店,然后酒店费用从你薪水里扣。现在我改变了主意。"
>咦,杉杉期待地看着他,难道因为她的马屁,不不,是真心话……改成了从他薪水里扣?
>"这几天你住我那里。"
>杉杉呆了,半晌,才颤巍巍地问:"总裁,住你、你那,是什么意思?"
>封腾已经懒得回答了。他踩下刹车,将车子掉了个头,朝相反的方向开去了。①

为什么会有大量女性读者喜欢"杉杉"这类女主角?首先,"傻甜白"的女性角色不费吹灰之力就收获长相俊美、家境殷实的男人爱慕,并获得了大量物质财富和社会地位。女性读者在阅读中把自己代入角色,在网络虚拟世界中实现她在现实世界中不能实现的情感欲望和物质欲望。其次,这种"傻甜白"的女性形象符合传统伦理文化对女性的要求。中国传统伦理文化中强调"男尊女卑",认为男性的社会地位高于女性,女性理应顺从男性,并应对男性呈现一种服从的姿态。比如中国儒家文化对女性贞洁观非常看重,《资治通鉴》里提到:"妇之从夫,终身不改;臣之事君,有死无二……正女不从二夫,忠臣不事二君。"②把女性的贞洁与忠君并提,可见女性贞洁在儒家文化中的伦理高度。埃利希认为父权制的负面影响构成了一个恶性循环,男人迫使女人只待在女性领域,从而使女人无法真正参与父权文化,并迫使女人扮演次好的和低人一等的角色。③正是因为女人长期处在这种关系之下,导致小女人(the small female)和大男人(the great male)这种模式反倒成了男女关系中令人心醉神迷的部分。④这也是为什么"傻甜白"女性形象没有被女性读者唾弃,反而获得大量女性读者认同的原因。

---

① 顾漫.杉杉来吃[M].石家庄:花山文艺出版社,2014:99.
② 司马光.白话资治通鉴·卷二百九十一[M].胡三省,音注.北京:北京联合出版公司,2016:230.
③ 诺伊曼.原型女性与母权意识[M].胡清莹,译.北京:世界图书出版有限公司北京分公司,2017:25.
④ 诺伊曼.原型女性与母权意识[M].胡清莹,译.北京:世界图书出版有限公司北京分公司,2017:16.

有趣的是,在对待"性"的态度上,较之第一代、第二代女性网络作者,第三代与第四代女性网络作者表现得更加保守。无论是安妮宝贝、尚爱兰,还是饱受争议的木子美、竹影青瞳,第一代、第二代女性网络作者对于性的态度都是秉持开放和自由的观点。她们笔下的女性对于性是呈渴望状态且享受性带来的快乐,这样的性观念一方面与当时女性经济逐渐独立有关,另一方面也与当时西方女性主义思潮大范围传入中国有关。被压抑的女性性欲在20世纪90年代初期获得了一定程度上的解放,文学层面立刻出现相应的回应。学者徐坤对于当时流行的女性"身体写作"给予了很高的评价:"女性作家们以其枝繁叶茂的语言,用一种打破男性单一线性逻辑的女性发散性思维的表现形式,描述出经由身体而感受的隐秘的女性生命体验。文学史上女性的躯体返归到女性主义诗学本身,不再完全受控和受制于男性叙事主体,这必将带来不光是审美的,同时亦是整个文化上的具有革命意义的变化。"①事实上,这种"具有革命意义的变化"很快随着消费文化的深入发展而发生了质变,既然女性和身体在奴役中曾连接在一起,那么女性解放和身体解放的联系也是合乎逻辑且合乎历史的。而正是随着女性在性这一层面的步步解放,女性越来越被混同于自己的身体。②消费文化鼓吹自由消费、攀比消费,令两性关系中居于弱势地位的女性及她的身体成为一种可以用来交易的商品,本来应该属于女性自身解放意义的性解放反倒成为欲望时代的一种消费符号。在这种背景下,不难理解为什么自2003年文学网站推出VIP付费制度后,女性网络小说对性态度反而越发保守。最明显的特征就是女主角的身体必须"从一而终",甚至还会出现男女主角都必须是"双洁"③的写作行规。一旦作者触碰这些写作行规,即所谓"毒点",则会遭到读者的弃文,甚至被唾骂。

"大部分网文受众年龄比较小,他们在接触网文过程中会'排雷'并在评论中表达出来,导致很多东西写起来不顺手。"④

正如学者雷蒙·威廉斯所言:"文化的复杂不仅体现在它那多变的过程及社会性定义——传统、习俗机构等——之中,而且(就这种过程的每一阶段而言)也体现在那些业已发生或将会发生历史变化的诸因素之间的动态关系之中。"⑤虽然随着社会经济发展,

---

① 徐坤.双调夜行船[M].太原:山西教育出版社,1999:62.
② 鲍德里亚.消费社会[M].刘全福,全志刚,译.南京:南京大学出版社,2000:151.
③ 即双主角都是第一次恋爱或者都是好学生,有的读者对"双洁"的理解更极端,甚至不能接受婚前性行为。
④ 资料来源:蒋敏玉《年轻人想靠写网文赚钱,太难了》,2020年9月20日。
⑤ 威廉斯.马克思主义与文学[M].王尔勃,周莉,译.郑州:河南大学出版社,2008:139.

年青一代的独立意识逐渐稳固，女性解放意识加深，女性的话语权也逐渐扩大，但是传统性别模式依然有它存在的地方并依旧发挥着较大的影响力。所以，不难理解，尽管从事写作的网络作者接受西方先进思想的洗礼，但是商品化的网络文学不能以作者的私人情绪宣泄或者自身意识形态作为写作目的，满足读者欲求成为网文创作的首要目的。为了更好地满足女性读者的情感需求，最好就是不要背离传统两性关系模式。这也是为什么第一代、第二代女性网络作者没落或者改变创作方向的原因。

不过，有趣的是，"傻甜白"的女性形象并不是一成不变的，随着消费社会的不断深度发展，其内涵也发生了改变。在市场经济的冲击下，原先铁饭碗的工作单位失去垄断地位，国有企业纷纷进行体制改革，社会竞争日趋激烈。一方面，男性群体本身的压力也极其大，他们也希望女性可以独立自主，而不是完全依附于自己；另一方面，市场经济提倡机会面前人人平等，白猫黑猫，能抓老鼠就是好猫，女性群体的竞争实力不断增强，并在多个领域充分施展自己的才华与能力。反映在文学层面，女性网络作者笔下的女性形象趋向独立自主。不管是女性作者还是女性读者，她们的受教育程度偏高，对于事情拥有自己的评判标准，对于伴侣的要求不再只苛刻于物质财富丰厚，而更多地在意自己与对方在精神层面的共鸣。女性网络文学中关于女性主义意识觉醒的意识逐渐明显。

作为第四代女性网络作者代表之一，丁墨的网络文学作品大多以都市职业女性作为女主角。她的网络小说《如果蜗牛有爱情》是一部悬疑言情小说。女主角许诩非常擅长犯罪心理研究，她遇事沉着冷静，智商在男主角季白之上。许诩和季白两人是生死相依的战友，在相互合作中成为一对恋人。

而季白作为一个非犯罪心理专业毕业的警察，在听了她的汇报后，就能说出同样的话，只能说明他洞察力和理解力惊人——他是真的理解了，她到底在做什么。

对于许诩这样一个喜欢分析思考的人，思想上的共鸣，是比实质嘉奖更能刺激她的东西。所以尽管之前季白咄咄逼人，但她一向粗神经，也不会太在意。反倒是他此刻对犯罪心理学的深刻理解，以及他极为大胆的信任，让她隐隐兴奋，又夹杂着感动。[①]

许诩不同于《杉杉来吃》的杉杉，她不是传统意义上的"傻甜白"，她对职业有规

[①] 丁墨. 如果蜗牛有爱情[M]. 南昌：百花洲文艺出版社，2014：51.

划，对未来有计划，对于男性的追求亦不会呈现盲目乐观态度。当她发现自己喜欢季白时，她能控制住情绪起伏，把注意力集中在工作上，甚至她还能冷静地解释"自己对季白产生好感"的原因："她是个本能健全的女人，最近频频注意到季白的男性肢体，更可能是因为生理期荷尔蒙作祟。"① 这种经济与精神双独立的女性更适合参与职场竞争，她们知晓如何在优胜劣汰的争斗中存活下来。许诩与季白的这段爱情不像"霸道总裁爱上我"那么突兀且毫无理由，两个人在工作中产生感情，互生情愫，顺理成章。不过，依然要注意，尽管第三代女性网络作者笔下的"傻甜白"形象受到不少诟病，但是第四代女性网络作者笔下的"独立都市女性"并不是完全的独立，它依然是建立在以男权为主导作用的社会之下的。"女人在父系文化中是作为另一个男性的能指，两者由一象征式秩序结合在一起，而男人在这一秩序中可以通过那强加于沉默的女人形象的语言命令来保持他的幻想和着魔，而女人却依然被束缚在作为意义的承担者而不是制造者的地位。"② 仔细分析这一类独立的女性形象时，尽管可以在她们身上看到一些觉醒思想和自主意识，但究其本质，她们不是真正女性意识上的都市女性形象。每次紧要关头，都是靠着男性角色的"照顾"才能顺利过关。这种来自男性角色的"照顾"，主要依赖女主角的美貌和身体交换，女主角没有逃离"他者"的地位。在这类小说中，女主角的行为目的都是为了在男权社会里寻觅一份属于自己的自由空间，最终获得男性社会的认可。这种行为动机，并不是不可以理解的，与其与男权社会抗衡，不如选择一种柔和的方式来争取属于女性的利益。

通过对女性网络文学中女性形象变化的考察，越来越多的女性作者在创作时都会自觉带上性别意识，这是一种进步，但是在社会政治经济与文化心理因素的相互制约下，当下的女性网络文学呈现出的女性形象虽然异于传统女性，却未表现出与其相应的独立力量。即使我们将这些现象解释为"在父权制下，女性的形象不可避免地要屈服于一种强制性的、带有性别歧视的凝视"③，作为身处这个欲望时代下的女性，我们是否需要跳脱出这个来自男性的"凝视"？这种跳脱行为是否会给女性本身的生活带来更大的困惑？或许探寻这两个问题产生的原因比探寻结果更能令人获得启迪。

---

① 丁墨. 如果蜗牛有爱情 [M]. 南昌：百花洲文艺出版社，2014：177.
② 穆尔维. 视觉快感和叙事性电影 [M] // 张红军. 电影与新方法. 周传基，译. 北京：中国广播电视出版社，1988：563.
③ 卡瓦拉罗. 文化理论关键词 [M]. 张卫东，张生，赵顺宏，译. 南京：江苏人民出版社，2006：136.

第二节　极致爱恋的心理与逻辑

网络文学作为消费市场上的一种情感消费品，它的评判标准在于是否让读者产生代入感和"爽"感。"爽"是一种感官体验，不单单指快乐，痛苦也是一种"爽"。比如"痛快"这个词，包括痛苦与快乐两种感官体验，可见痛苦与快乐可以同时出现在同一个人身上。以阅读时的"痛苦"为特征的虐文并不是网络文学首创的，但是借助网络文学的影响力，虐文成为女性网络文学中一种重要的类型文，甚至有些网络平台在进行网络小说分类时，还把"虐文"单独列成一种类型，由此可见虐文的受欢迎程度。虐文里的虐恋是最刺激读者"爽"感的部分。"虐恋"对应的英语单词是Sadomasochism，简称SM或者S&M，最开始由社会学家潘光旦翻译成中文，这种译法令人赞叹，不仅简洁，还表达出一层特殊含义：与恋爱行为有关。① 关于虐恋，学者李银河在其著作《虐恋亚文化》里是这样解释的："它是一种将快感与痛感联系到一起的性活动，或者说是一种通过痛感获得快感的性活动。"② 李银河将痛感分成两类："其一是肉体痛苦（如鞭打导致的痛苦），其二是精神的痛苦（如统治与服从关系中的羞辱所导致的痛苦感觉）。"③ 根据李银河对"虐恋"的解释，虐恋都与亲密关系挂钩，分为施虐者和受虐者两个角色，男性女性都可以分别担任各个角色。女性网络文学中的"虐恋"扩大了这个概念，大部分女性网络文学中的"虐恋"不仅仅与性行为有关，还包括整个恋爱过程。享"虐"成了女性读者的普遍心态，如果可以了解女性读者在阅读虐文时的欲求，从而进一步阐释女性读者在虐恋情节中所获快感的生成机制，那么就非常有助于女性网络文学中的虐文包括其IP衍生产品的健康发展。

根据心理学家弗洛伊德的理论，人类在幼儿期间就会出现类似性行为的动作。但是因为幼儿的生殖器官尚未发育成熟，只能把这些器官包括神经系统统称为"性器官前期"，"虐待"症状在这个阶段出现端倪。"第二种性器官前期是虐待性的肛门性欲体系的建立。在这期间，两性已有明显的分化，但仍然只能有'主动的'与'被动的'两种，在后来的性生活中所见到的那种明显的男性与女性的区别，此时尚未呈现出来。"④ 换句话说，这种在性行为中征服另一方的心理或许是人类天生的欲望，并且随着

---

① 李银河. 虐恋亚文化[M]. 北京：今日中国出版社，1998：1.
② 李银河. 虐恋亚文化[M]. 北京：今日中国出版社，1998：5.
③ 李银河. 虐恋亚文化[M]. 北京：今日中国出版社，1998：5.
④ 弗洛伊德. 性爱与文明[M]. 滕守尧，译. 合肥：安徽文艺出版社，1987：88.

性器官的分化，多数男性在性行为方面都存在着征服欲和侵占欲，如果这两种欲望没有得到满足，他可能会产生一种索然无味的感觉。"所谓虐待症，实则是性本能中的侵略成分的独立及强化。它是这种成分经由'转移作用'的一种明显表现形式。"① 弗洛伊德还认为"被虐待症（受虐者）只不过是一种指向自我的虐待症，是一种把自己比作性对象的结果"②。通过让受虐者痛苦而获得快乐的施虐者，同样可以在自身痛苦中获得快乐，只不过施虐者的这种"痛苦"不是被动获得的，而是他主动要求的。按照弗洛伊德的逻辑，人类内心都存在着受虐倾向，只不过绝大部分人的受虐倾向不足以达到医学鉴定的"性变态"标准，所以这些受虐倾向并没有对自身的生活和工作造成任何困境。这一点不难理解，根据常识，轻微的受虐的确会带来快乐。

女性网络文学中的虐恋分为两种情况：精神虐待与肉体虐待。精神虐待大多数原因是"爱而不得"。在精神虐待范畴内，男女可以互为施虐者和受虐者。作者为了让施虐行为看上去合情合理，经常会制造各种误会，令施虐者看上去是被迫做出施虐行为的。辛夷坞的网络小说《致我们终将逝去的青春》男女主角相爱过程中就存在虐恋成分。许开阳明知郑薇喜欢的是他人，但是依然对这段单恋充满期待，导致自己在这段单恋里受到歧视和打击。

郑薇侧头避开他的手，"没错，就是他，我喜欢他。"

他了解她，她现在的样子不像开玩笑。许开阳用了很长的时间才让自己的声音听起来没有那么怪异："为什么呀，你明明讨厌他，我还以为是谁，原来是他。他有什么好，他比我更好吗？"挫败感和不可思议的情绪让许开阳也失去了常态，尽管他努力克制，语气依然有几分尖锐。

他口气里对陈孝正的不以为然激怒了郑薇，她可以讨厌陈孝正，但是她受不了别人对他的轻视："没错，他没你家里有钱，长得也不见得比你好，他什么都没你好，但是你爱我，我却爱他，就凭这一点，你就永远输给了他！"

这是多么伤人的一句话啊！也许只有年少时的无知无畏才能如此肆无忌惮，郑薇话说出了口就后悔了，然而她知道，那是她心里真正的想法，虽然后来她才明白过来，开阳不是输给了陈孝正，他是输给了她，正如她输给了陈孝正，谁先爱了，谁就输了。③

---

① 弗洛伊德.性爱与文明[M].滕守尧，译.合肥：安徽文艺出版社，1987：49.
② 弗洛伊德.性爱与文明[M].滕守尧，译.合肥：安徽文艺出版社，1987：50.
③ 辛夷坞.致我们终将逝去的青春[M].北京：朝华出版社，2011：51.

许开阳受到了郑薇的"歧视",他成为被虐者,读者在阅读这段时感受到许开阳的委屈,并替许开阳感到不值和愤怒。作者需要的就是读者的"不值"和"愤怒",并因此来换取读者的同情心和情感上的共鸣。另外,作者还必须为郑薇的"施虐"行为作出解释,必须警惕读者憎恶施虐者,导致读者弃文。

在网络文学中,男女主角的爱情如果无法善始善终,这一类型文称为"BE"(Bad Ending)文,与它相对应的称为"HE"(Happy Ending)文。从作者角度来说,选择BE 的直接好处是保留作者或者其他作者续写的机会,特别是如果该小说完结后受到很多读者追捧,后续 IP 衍生品开发情况乐观,那么就可以续写下去。这也是符合消费社会的商品生产逻辑。

与精神虐待不同,身体虐待的施虐者可以是男性,也可以是女性,但被虐者大部分是女性。性格霸道的男主角总是会成为施虐方。"调查证实,许多有受虐倾向的人都一再表现出对爱的需求,对自己是否值得对方爱这一点的怀疑,以及自我的不安全感。"① 比如首发于红袖添香网站的宫斗文《孽凰》(网络原名《弃后,来朕怀里》),这本网络小说讲述的是苏慕晴穿越成南岳王朝皇后的故事。和所有"霸道总裁"一样,南岳皇帝北堂风的性格和行为极其"霸道",苏慕晴无法反抗,她选择承受北堂风的施虐行为。

除了接受"霸道"男主角的施虐,女性角色还会遭受同性的施虐,这种同性之间的身体施虐行为常见于宫斗文。虽然女性是直接施虐者,可是施虐的目的依然是围绕着男女主角的爱情关系展开的。当男主角获知女主角被他人施虐,他的愧疚心和保护欲被唤醒,并因此更加怜爱女主角。女性读者会把自己代入被虐者的角色,并幻想自己获得男性的拯救。流潋紫的《后宫·如懿传》中如懿遭受其他妃子的身体虐待,目的也是唤醒皇上对她的愧疚和怜爱。

如懿死死地握着拳头,以指尖触进手掌的疼痛,提醒着自己要忍耐,将海兰紧紧拥住,希望以彼此的体温来温暖些许。天寒地冻的时节里,浑身湿透的彻骨寒意逼上身来,除了忍耐,还有什么办法?……如懿垂首,冰冷刺骨的水珠滑过她一样冰冷而麻木的面孔,她只觉得头越来越重,声音也有点缥缈:贵妃娘娘,海常在已经受过责罚,现下全身也湿透了。能否容许我带她去换一身衣裳?否则这样冻下去,她的身子也吃不消的。②

---

① 李银河.虐恋亚文化[M].北京:今日中国出版社,1998:195.
② 流潋紫.后宫·如懿传[M].北京:中国华侨出版社,2012:131.

如懿作为被虐者，她的感官越痛苦和委屈，这样的描绘就越能衬托出施虐者"贵妃"的飞扬跋扈，这段虐待场景也为后来如懿报复施虐者、皇帝抛弃施虐者提供了一个合理的解释。同时，也令如懿和皇帝之间的恋情变得曲折困难，读者反而越发期待二者的完美结局。

女性网络文学中还有一种特殊的"虐文"：耽美虐文。耽美文并不是描述现实生活中的男同性恋真实状况。耽美文是女性从自身意识来构建的男男爱情模式。在这个爱情模式中存在两个男性角色：攻与受。"攻"一般体形高大、社会地位较高，并拥有较多的物质财富；"受"的身形趋向于女性，性格和思维也偏向女性，社会地位和物质财富相对于"攻"来说都较低。虽然"受"这个角色从生理构造来看是男性，但是从"攻强受弱"的爱情模式来看，"受"更多的是女性自身镜像的投射，所以不难理解为什么耽美文的大部分读者是女性。从这个角度来说，我们无法把男同性恋的虐恋模式完全套入耽美文的虐恋模式。另外，耽美文的虐恋与传统两性模式的虐恋也存在着差别，我们无法把耽美文的虐恋模式完全等同于传统两性模式。与传统两性模式虐恋的最大区别在于，耽美文的精神虐恋经常是带着羞辱性的虐待。"攻""受"双方可以互为施虐者和受虐者，也可以同时为受虐者。前一种情况可以参照传统两性模式的精神虐待进行分析。当"攻""受"二者皆为受虐者时，施虐者一般是双方家庭。在中国传统两性文化下，男男爱情模式是不被社会接受和允许的，一旦男男关系被曝光，他们将会接受来自身边人的异样眼光，双方父母会以羞辱性的言语来拆散他们。作者刻意制造男男之间的完美爱情，读者在感受到男男双方真挚感情的同时，也能身临其境地感受到社会伦理道德对二人关系的阻挠及无法相恋的痛苦。

通过分析女性网络文学中的虐恋特征，不难发现，精神施虐者可以男女互为，这与现代女性对爱情的大胆追逐有直接关系，这是一种独立意识的体现，面对自己不喜欢的异性，女性也可以直截了当地拒绝。但是身体施虐者大部分为男性，女性作为受虐者一般呈现出一种忍耐的姿态。虽然有些研究者认为，女性忍耐性强与女性每个月会出血、痛经有关，但这种因果关系并不能说明女性对于外界给予的身体虐待会呈现一种享受状态。再反观施虐者的社会地位和物质财富，我们有理由推断出，受虐者忍耐身体虐待过程更多的原因是"慕强"。施虐者男性的"强"不单单指体格，还包括男性的话语权和领导权。诚如福柯所言："男人与女人之间的关系是'政治的'：即统治与被统治的关系。为了安排好这种关系，必须让双方分有相同的德性，但都以各自的方式进行。因此，统治者——男人——'拥有整个伦理德性'，而对于被统治者（和女人)来说,只要有'适合每个人的整个德性'就足够了。"① 在"虐恋"小说或者"虐恋"情节的暗示下,在男性占主导权的两性关系中,女性必然成为爱情的附庸品,无法对彰显男性魅力的"虐待"行为进行反抗。这显然与崇尚独立的女性主义相悖。

另外,虐恋中的身体虐待都与亲密行为有关系,男主角在女主角不情愿的情况下与其发生关系,在法律意义上属于强奸或者侮辱范畴,作者却用美好的言语来描绘施虐者的男性魅力。匪我思存是女性网络文学中虐文代表作者之一,她的代表作《千山暮雪》是典型的霸道总裁文。童雪的父亲因为操作失误导致莫氏企业破产,莫绍谦被迫与慕家女儿慕咏飞结婚来搭救自家公司。莫绍谦借着童雪舅舅有商业把柄在自己手上,把童雪困在身边并占有她。两人在相处过程中,莫绍谦渐渐爱上童雪。童雪明知莫绍谦是"强奸犯",但是依然委身于他,甚至还对他产生了感情:

童雪被莫绍谦施虐时,并没有反抗,更没有报警,而是继续委身于莫绍谦,成为忍气吞声的"小三",其中原因除了"舅舅把柄在他手上",作者给予女性读者最大的暗示是莫家丰厚的物质财富诱惑。这种情节的设置折射出当代女性的矛盾心理,一方面希望获得独立和尊重,而另一方面又慕强,渴望被"霸道"的男性征服。

女性读者之所以喜欢看"虐文",因为这仅是一次阅读体验,"只有当审美主体与对象之间保持着一种恰如其分的精神上与心理上的距离,这时对象对于审美主体才是美的"②。女性读者在阅读虐文的同时,感受到被"虐"的快感,又因为"心理距离"带来一种安全感,导致读者可以抽身于这种"被虐"的快感。我们又不得不注意到另一点,因为女性读者"通过沉迷于痛苦而获得满足,是通过如下的方式寻求满足的一般原则的表现,将自己丧失在更大的事物之中,消融在个体之中,以怀疑、冲突、痛苦、限制和孤独来摆脱自我,这就是尼采所说的'从个体原则'中解脱出来的思想。尼采认为,这种'狄俄尼索斯'倾向是人类的基本驱力之一"③。这种看似是对美好爱情的追逐和渴望,实质上隐藏着对权力和物质的欲求,显示出女性对自身能力的不信任。所以女性在现实社会中不得不"屈服"于男性,来换取更多的话语权。"虐文"给女性读者提供了一个合理"屈服"于男性的理由。如果女性喜欢看"虐文"的心理成为一种普遍现象,那么我们有理由怀疑这或许是一种社会现象的折射。

综上所述,尽管我们承认"虐恋"是女性网络文学中一种新的叙事方式,但是因为网络文学本身是一种情感消费品,这种"虐恋"本质上属于一种情感类型商品,这

---

① 福柯.性经验史[M].佘碧平,译.上海:上海人民出版社,2009:163.
② 欧阳翠凤.审美的"心理距离说"与"入出说"比较研究[J].江西社会科学,2007,252(11):68-72.
③ 荷妮.我们时代的病态人格[M].陈收,译.北京:国际文化出版公司,2007:179.

种商业化的特性使得虐文区别于传统文学作品中的"虐恋",虐文的"虐"是为了追求纯粹的"爽"感。另外,虐文的流行,成为女性青睐的类型文,导致大量作者为了"虐"而"虐",不但令"虐恋"失去了原本的美感,而且作者为了吸引读者眼球,在大量身体虐待中掺杂类似 SM 的情节描写,这样的发展趋势不但会导致整体行业质量下降,对于女性特别是年轻女性的心理健康也是有害无益的。

第三节 网络文学的情感伦理变异

爱情是文学永恒的主题。随着女性获得经济独立,女性的话语权不断扩大,女性可以大胆地表达真实愿望及对爱情的追求。新时期小说从 20 世纪 80 年代初期兴起,女性作者们从女性视角出发,构建新的两性模式及新的爱情观。这不仅仅是中国当代女性文学中的解冻现象,同样也是当代女性精神独立的体现。随着中国进入消费社会,女性独立姿态越发明显,传统两性关系受到女性群体的质疑。20 世纪 90 年代涌现的女性"身体写作"潮流,以卫慧、棉棉、九丹等女性作者为代表,她们笔下的女性迥异于传统两性关系中"贤妻良母"的形象,她们对爱情的追求非常大胆,对于物欲的追求毫无遮拦。这种过于"个性"的两性关系叙事方式虽然吸引到公众关注,但是因为与传统女性道德模式相悖,必然会受到男权社会的排斥。上一章我们已经讨论过,中国社会并没有真正经历过一次女性思想革命,即便女性获得经济独立,依然会在精神层面存在对自身认识的不足。新世纪女性对两性关系的构建相较于 20 世纪 90 年代反倒呈倒退趋势,后女性主义的盛行也说明了这种倒退。这种倒退不是指女性退回传统两性模式之下,更多的是指激烈的社会竞争环境产生的一种"惰性",或者说是"快适伦理"。斯捷潘·美斯特洛维奇在解释"后情感主义"时,认为"后情感主义是一种情感操纵,是指情感被自我和他者操控成为柔和的、机械性的、大量生产的然而又是压抑性的快适伦理(Ethic of niceness),而快适伦理追求的不再是美、本真、纯粹等情感主义时代的'伦理',而是强调日常生活的快乐与舒适,即使是虚拟包装的情感,只要快适就好。"[①]这种快适伦理非常适合当下女性的心态。与其打破规则,不如在这种规则之下寻找适合自己生存的方式。当女性看清社会的话语权其实依然掌握在男性手中时,激进女性主义不但无法在短期内解决现实性别不平等问题,而且还会令女性处于一种极其不利的环境,当下的女性对两性关系呈现一种既妥协又斗争的心理状态。这种妥

---

① 王一川.从情感主义到后情感主义[J].文艺争鸣,2004(1):6-9.

协的心理状态清晰地呈现在女性网络文学层面上。女性网络文学作为一种女性向的大众文化，它承载的女性爱情观最具普遍性。纵观女性网络文学中女性对待爱情的矛盾心理，可以从虚构的异性、亲密行为、性别话语三个叙事主题进行分析。在虚构的异性中，主要存在着强化与弱化的矛盾；在亲密行为中，主要存在着主动与被动的矛盾；在性别话语中，主要存在着对抗与和解的矛盾。

需要明确的是，女性网络作者都是从自身出发构建属于女性的两性关系，在女性作者视域里，爱情关系是沿着女性思维进行并发生变化的。因为经验性，她们可以熟练地去描述爱情关系中女性的思维和行为，但是当她们开始描述异性时，却面临着一个虚构的问题。法国学者埃莱娜·西苏曾说过："我从未敢在小说中创造一个真正的男性形象，为什么？因为我以躯体写作。我是女人，而男人是男人，我对他的快乐（Ouissance）一无所知。我无法去写一个没有身体，没有快感的男人。"[①] 这种熟练的同性描述与异性虚构之间的差异，其实也可以看作女性叙事上的夸大和遮蔽。因为性别的存在，女性作者构建男性角色时会本能避开不利于剧情发展的特性。比如，为了吸引女性读者，她们会夸大小说中男性角色充满男性魅力之处：长相英俊、身材健硕、家底殷实、出手大方等，选择屏蔽男性的缺陷。这种夸大与屏蔽在霸道总裁类型文中表现得非常明显。

网络小说《微微一笑很倾城》是一部以校园为背景的网络小说，肖奈和微微在电子游戏中相识，在线下成为情侣。作者这样描述肖奈这个男性角色：

> 计算机系的肖奈，A 大顶尖风云人物，如果 A 大也像游戏那样弄个等级榜的话，那么肖奈排 NO.1 绝对众望所归。先不说他在计算机软件方面那令人惊异的天才，以及入校三年多领队在 ACM 等国际编程大赛中为学校获得的荣誉，只说他居然能无所不能般地擅长古筝围棋，还曾作为游泳选手代表学校参赛夺金，等等，就令一众学子望尘莫及了，兼之其人外表清俊雅致、风采佳绝，想让人不为之倾倒都很难。[②]

肖奈面貌俊朗，成绩优秀，具备琴棋书画方面的特长，满足了大部分女性对"帅哥才子"的欲求，如果还要吸引到更多的女性，需要再对肖奈的社会地位和物质财富进行描述。

---

① 西苏.从潜意识场景到历史场景[M]//张京媛.当代女性主义文学批评.北京：北京大学出版社，1992：232-233.
② 顾漫.微微一笑很倾城[M].石家庄：花山文艺出版社，2014：15.

奇怪的是，他这么傲慢，在男生那边人缘却不错，本系的男生都很服气他，据说他早早就在外面注册了一个公司，本系不少高手都被他挖去了……他的父母是本校历史系和考古系的教授。据说肖奈父母都是清高、古板且固守清贫的性格，到肖奈却基因突变，初中就知道找亲戚合资开网吧，那时电脑很不普及，正是网吧生意最好做的时候，还有传说他炒房炒股大赚的，纷纷杂杂，已经不知道真假了。①

作者在这里给女性读者设计了一个"完美形象"：有钱有颜有才且社会地位较高（父母双方皆为大学教授）的男生。这种男生是传统观念中的"好"男人，符合女性对另一半的幻想。女性读者会在自己脑海中想象着肖奈的真实模样，然后把自己代入女主角微微的角色。作者在描述肖奈时，尽可能避开了男性的各种弊端，比如男性面临的社会压力、较差的生活自理能力等，甚至肖奈傲慢的性格，在作者的美化下，反倒成了他身上一个不太讨人厌的个性。肖奈的傲慢个性只是在对待其他人时才会展现，肖奈在和微微相处时只会展现深情款款的一面。比如微微买了一部新手机，并更换了新手机号码，她故意编辑一条诈骗广告去捉弄肖奈，肖奈不但不生气，反而故意上当，给微微汇去了一千块钱，解决她经济上的窘迫。作者尽可能放大肖奈的男性魅力以及对女主角的深情，这种不切实际的描绘令现实生活中的女性读者如获至宝，实现情欲和物欲的虚拟满足感。

作者在描写肖奈和微微的亲密关系时，微微处于被动地位，肖奈主导着整个亲密行为的方向和节奏。有趣的是，作者只描述了肖奈的动作，却忽略了肖奈作为男性的感受，文字着重点在于描绘微微的感受。女性网络文学是一种针对女性群体的情感消费品，绝大部分女性网络作者在描绘亲密行为时，都会把着重点放在女性感官体验上。另外，男性在亲密行为中的感受和思维变化在作者的笔下被遮蔽，作者尽可能美化男性在亲密行为中的温柔和深情，让读者感觉性和爱情二者的完美结合，这不单单是由于性别写作所致，更多暗藏着女性对完美爱情的渴望。

尽管这类美化男性的作品获得了女性读者的共鸣，但是这类美化男性的作品其实反映了女性对男性及男性社会的依赖。"爱情、婚姻关系本质上还是一种人际、社交关系。每一个历史阶段、每对爱情婚姻关系其实都牵涉着不同时代、不同境况下的个人精神面貌和社会文化状况。"②虽然作者以女性视角来描述爱情关系，女性看似是一段爱情关系的主体，但是她们在爱情关系中收获到的快乐来源于男性的肯定和赞美，一旦

---

① 顾漫. 微微一笑很倾城［M］. 石家庄：花山文艺出版社，2014：15.
② 唐诗人. 现代婚姻的危机与德性：论文珍小说的婚恋伦理［J］. 当代作家评论，2018，207（3）：200-206.

失去男性的怜爱，她们不但会失去爱情，更会失去男性给予的物质财富，女性的心理优势消失殆尽。换句话，在这类美化男性的作品中，女性被男性牢牢控制着，成为男权社会下的弱者。令人沮丧的是，这种承认弱者的心态反倒迎合了广大女性读者的欲求，正如作家张洁所言："虽然每每批评电视里那些以男性为中心的广告，对画面中那些在男人的百般呵护下，甘愿做小鸟依人的女人'哀其不幸、怒其不争'，即使连自己也不知道这些批评正是艳羡使然。"①

亲密行为分为两部分：心理上的喜好与生理上的性行为。相较于女性喜欢把二者合二为一，男性却趋向于把二者分开，而且男性生理上的欲望极少受到道德的约束，甚至还能美其名曰"花花公子"。但是对于女性来说，身体滥交的后果是，不但要承担可能怀孕的痛苦，还会被冠以"荡妇"等羞辱性的称号。随着医学科技和避孕手段的发展，亲密行为可以与生殖目的分开，女性可以根据自身需要选择是否受孕。改革开放引进的西方开放思想，令很多年轻人抛弃复杂的两性关系，单单是为了快乐而选择亲密行为，其中不乏许多思想独立的现代女性。20世纪90年代兴起的女性"身体写作"是中国当代文学史上的进步，"由于女性的空白之页，女性写作似乎也只能从自己身体中取得汁液，一切的文字，一切的词语，都留下了女性身体的印痕，女性只剩下了自己的身体，女性在与自己身体的搏斗和咬噬中书写出自己的历史和记忆"②。女性通过对自己身体以及感官快感的描述，找到一个突破男性话语权的最佳位置。从王安忆的"三恋"系列作品到林白的《一个人的战争》、陈染的《私人生活》，这些女性作者从"女性身体"出发重新建构了属于女性的两性关系，令"女性身体"叙事充满了革命意义。但令人沮丧的是，随着消费社会深入发展，"身体写作"抛弃了其革命意义，只剩下"女性身体"这个符号。"在这一将身体圣化为功能性身体指数价值——不再是从宗教视角中的'肉身'，也不再是工业逻辑中的劳动力，而是从其物质性（或其'有形的'理想性）出发被看作自恋式崇拜对象或策略及社会礼仪要素——的漫长过程中，美丽和身体是两个主导主题。"③大量作品为了博取公众关注，不惜把"女性身体""美女作者"作为炒作热点，用来讨好男性占话语权的消费市场。

女性网络文学虽然充斥着大量"性描述"，但是对于"滥交"这个话题非常排斥。在女性网络作者笔下，女性的"性行为"和"爱情"密不可分，一旦女主角与男性发生了亲密行为，就意味着女性在情感上也将归属于男性。在女性网络作者匪我思存的

---

① 张洁.可怜天下女人心[M].北京：作家出版社，1997：554.
② 许志英，丁帆.中国新时期文学主潮[M].北京：人民文学出版社，2002：455.
③ 鲍德里亚.消费社会[M].刘成富，全志刚，译.南京：南京大学出版社，2000：143.

小说《来不及说我爱你》中，尹静琬本来与许建彰早已有婚约，为了解救未婚夫，她去求慕容沣帮忙，慕容沣明知尹静琬已经与他人有了婚约，却依然强势与她发生亲密关系："他的手心冰冷，骨节僵硬地捏着，那手劲像是突然失了控制，她的手上受了剧痛，可是她心里更乱……"①整个亲密过程中，慕容沣一直处于主导地位，尹静琬处于被动地位，读者看不到尹静琬在这段亲密过程中收获到了快乐，但是却可以感受到慕容沣的"霸道"行为。接着，二人关系又进一步发展，在这一段亲密关系中，尹静琬依然处于被动地位，她放弃了两人第一次发生亲密关系时的抵触情绪，顺从慕容沣的霸道行为，尹静琬已经在情感上发生了倾斜。

  与20世纪90年代传统文坛上的"身体写作"不同，女性网络作者并没有过于刻意描述女性的感官感受，甚至羞于去反映女性的身体欲望，作品里的亲密行为都是为了体现男性的雄性魅力。这种写作处理似乎是一种思想倒退。现代消费社会给女性提供了前所未有的社交生活和自由度，拥有经济独立的女性通过各种消费行为令自己的生活变得异样丰富，女性似乎可以主导自己生活的各个方面，其中包括亲密行为。男权文化看似没有对女性施加任何影响，但是男性占主要话语权的消费文化无孔不入地引导着女性群体的思维和行为，令拥有物质财富和社会地位的男性成为女性最向往的男主角。所以女性作者在创作时，刻意体现男性的"霸道"行为，这正好是男性占统治地位的反映。这样的屈服本身就是一种不平等，但是这种屈服却令女性在男权社会里换来相对的自由，这种选择亦成为很多当代女性的优先考虑项。

  在这种背景下，不难理解为什么消费时代下女性网络文学并不以宣扬女性主义为己任。女性群体单纯以满足自我欲望为目的，想在网络这片自由之地搭建一片属于女性的自由书写之地，甚至她们都不愿意去攻击现实社会中的男性主导地位。在不改变男强女弱的基本格局前提下，以女性为视角中心重新描绘着她们认为和谐的两性关系。从打破男性话语权这一角度来说，女性网络文学的确安全地确立了女性视角的叙事地位。尽管我们有理由怀疑这种女性视角的叙事地位是依附于当下的男权社会，甚至女性网络作者笔下的女性形象直接是以"美貌"来间接讨好以男性喜好为主导的文化市场，但是，仍要承认，这种"后女性主义"写作本身也是一种女性独立的态度。后女性主义主张女性应该回归女性性别本身，主张用温和而不是斗争的手段来解决性别不平等的问题。这种不会引起男性社会较大波动的后女性主义思潮，令女性网络文学获得充裕的发展空间。它以一种温和的方式挑战了男性社会对女性的遮蔽，最终确立了

---

① 匪我思存. 来不及说我爱你[M]. 北京：新世纪出版社，2010：104.

以女性为中心的写作视角,满足了女性自我欲望,比如自恋、自由恋爱、性的话语权、物质财富、社会地位的渴望等。

尽管女性网络作者获得了写作自由,但是女性网络文学的女性阅读者却直接被"消费社会"控制,女性阅读者并不完全自由。以满足男性需求为主要目的的消费文化引导着女性的消费观。狡黠的消费文化表面上看似抬高女性价值,实际上这表象下隐藏着女性被"物化"的实质。比如,女性网络文学极少涉及社会民生大事,因为这是属于"男性的叙事内容",如果女性作者插足男性的世界,表达她对世界现行秩序的看法,恐怕会失去绝大部分女性读者;再比如,如果女性网络文学中的女主角有滥交倾向或者实际滥交行为,这种"不守妇道"的思想和行为会令作品的受欢迎程度大打折扣,因为它偏离了女性读者心目中的女性形象常态。网络小说不同于传统文学的最显著特征是,读者可以参与甚至控制作者的创作过程,作者的创作思路和剧情设计直接受到读者反馈的影响。女性网络作者为了讨好读者不得不遵循读者喜好,令女性网络文学的叙事主题局限在爱情叙事中,"与绝大多数的女人是在爱情中寻找自我,最后又在爱情中迷失自我一样,女性文学本身涉足最多和最深的也是爱的主题,这一主题至今仍然陷于困惑之中,它没能找到一个终极的完满答案"①。换句话说,女性网络作者选择了一条规避道路,她们刻意避开"性别不平等"的尖锐话题,不想去挑战男性霸权,这种看似妥协的态度,其实也是一种变相的性别依赖。消费时代下的女性网络文学本来就是一个消费品,消费的过程非常轻松,生产的过程却异常艰辛。在这个享乐主义、个人主义与女性反抗共存的社会背景下,女性网络文学是否只能在对抗与和解之间的性别话语中进行和解?这是一个值得深入探讨的问题。

---

① 刘慧英.走出男权传统的樊篱:文学中男权意识的批判[M].北京:生活·读书·新知三联书店,1995:60.

第三章　两性观念的重释

从中国现代女性选择写作开始，爱情叙事就从未缺席，甚至还有学者认为，现当代文学史上最著名的几位女作家，她们最重要的作品基本上没有超出爱情和婚姻的题材，而所谓的女性声音，不过是一种新型的闺怨罢了。[①]这样的评论未免武断，但是也说明了爱情在中国女性的生命历程中，的确是一件非常重要的事。女性作者在叙事视域存在局限性，女性似乎对改变社会和历史的欲望并不太高。"男性的选择是'角斗'，与挑战类比，这尤其是一种'高贵'行为……相反，永恒存在于女性范例中的，是一种派生的价值，间接的价值（维布伦所说的'代入感身份''代入感消费'）。女性只是为了更好地作为争夺对象进入男性竞争才被卷入自我满足之中的（自我取悦是为了更好地取悦男性）。"[②]长期以来，女性的视域被局限在两性关系中，女性作者自然而然地会对两性之外的世界避而不谈。

进入消费社会，经济发展带来工作细分，女性获得了更多的工作和自我发展的机会，女性受教育的机会增多，经济越发独立，并拥有了对部分事情的话语权。而且日渐发达的医学手段和避孕工具的普及，令性行为与生育行为可以完全分开，年轻人抛弃对性行为的敬畏之心，可以尽情地享受亲密行为，并不用为此付出婚姻与生育的代价。两性关系中最重要的一环"性行为"发生改变，必然会使传统情爱伦理关系发生质变。需要指出的是，迄今为止中国社会没有发生任何实质性的女性"文化革命"，导致中国女性特别是都市女性在实际行为中出现了对自身性别认识的迷茫，"在漫长的以男性规范作为唯一的行为与性别规范的岁月中，在分裂的自我与双重性别角色的重负下，多数妇女已对空泛而虚假的'妇女解放'的现实与话语感到了极度的疲惫"[③]。女性心理构建尚未完工，市场经济的发展又令每个人不可避免地卷入消费社会进程中，所

---

① 康正果.身体和情欲[M].上海：上海文艺出版社，2001：137-138.
② 鲍德里亚.消费社会[M].刘成富，全志刚，译.南京：南京大学出版社，2000：93.
③ 戴锦华.涉渡之舟：新时期中国女性写作与女性文化[M].西安：陕西人民教育出版社，2002：28.

以不难理解为什么很多女性不再对男权社会下的两性关系模式全盘信任,对于"最平庸的男性面对女人也自以为是半神"①这种论断更是抱着可疑的态度,可是矛盾的是,她们又在经济和精神上选择依赖男性。

综合这些背景因素,不难理解为什么女性网络文学吸引了上亿的女性读者,一方面,其最大的吸引力恐怕是女性读者通过这些文字看到了渴望中的两性关系——不管这种关系是否具有合理性。另一方面,女性网络文学中的两性关系模式不是固定不变的,它随着消费社会的发展,并受到消费文化、女性主义、科技发展等因素的影响,不断地进行调整和变化。本章将选取现代言情文、古代言情文、耽美文及女尊文这四种最常见的类型文中的两性关系进行深入剖析。

第一节　男主角的角色变迁

从 2003 年 VIP 收费制度确立算起,女性网络文学已经经历了二十余年,这二十余年里出现了成千上万本网络小说,每本小说里都存在一个或者数个男主角,根据传统文学的常识推断,这些男主角应该各具特色,但是纵观网络文学市场上流行的男主角形象,绝大部分趋于同质化,这种现象的诞生与网络文学的文本类型化有关。造成这种现象的最大原因是这些男主角是被市场检测过、符合广大女性读者喜爱的形象,所以大量女性创作者会将自己小说里的男主角设定为这种"受女性欢迎的形象",进而导致男主角同质化现象的发生。"霸道总裁"是女性网络文学中一个常见的虚拟男性角色,在上一章中我们已经总结了霸道总裁的特征,这里不再赘述。霸道总裁文不是女性网络文学的原创,它始于台湾言情小说,以琼瑶、席绢为代表的女性作者在文字中创造出霸道总裁的原型。在这些作者笔下,男主角大多相貌英俊、物质财富丰厚,作者还会给他们设计一些小缺陷,比如霸道不讲理、已有家室或者已有婚约、性格冷酷、花心等,这些小缺陷不但不影响男主角的形象,反倒成为爱情故事发展的催化剂。相较于男主角的霸气,女主角的性格更趋向于软弱无力、心地善良却缺乏物质基础,这种男强女弱的基调被女性网络文学作者大量借鉴。特别是台湾言情作者席绢,她的虐恋小说为霸道总裁文奠定了基石。

霸道总裁文之所以能吸引大量女性读者,不单单是因为"霸道总裁帅气的外表",更是因为霸道总裁文给广大平凡的女性展现了一个可以接近中产阶层及以上阶层的机

---

① 波伏娃.第二性[M].郑克鲁,译.上海:上海译文出版社,2011:12.

会，这个机会看上去非常容易获取，仅仅是通过女性的美貌和身体就可以换取。根据霸道总裁文的经典套路，"霸道总裁"会毫无理由地爱上一位平凡但天真的女性，无条件赠予她大量物质财富，女性无须努力即可收获爱情与财富。女性在阅读霸道总裁文时，极其容易把自己代入"平凡"的女主角身上，幻想着自己也会有朝一日遇见爱上自己的"霸道总裁"，这就是霸道总裁文带给女性读者的"爽"感。霸道总裁文开始于2003年左右，以网络文学VIP付费阅读制度确立为起始标志。霸道总裁文的代表作者有顾漫、匪我思存、挥着翅膀的大灰狼、明晓溪等。

霸道总裁文的流行，反映了消费社会商品化和阶层分化的深度发展。消费社会鼓励人们不停地消费。消费文化的作用是制造消费欲望、刺激消费心理。在消费社会里，中产阶层占据大部分社会财富，其他阶层不断仿照中产阶层的消费习惯。"体现在个体身上的消费动机，不仅是为了显示和证明地位，也是为了显示和证明身份。地位位于阶层范畴之中，彼此的差别就是高下。"[1]消费物品和消费习惯逐渐成为一种身份等级证明。生产者借助铺天盖地的广告，把这种"身份等级证明"推广至社会各个角落，制造出一种"只要拥有了此类商品，就能迅速成为上层阶层"的因果关系。与此同时，享乐主义的泛滥，导致这种对中产阶级的追捧愈加热烈，享乐主义的世界充斥着时装、摄影、广告、电视和旅行。这是一个虚构的世界，人在其间过着期望的生活，追求即将出现而非现实存在的东西，而且一定是不费吹灰之力就能得到的东西。[2]

这种不劳而获的幻想自然会受到女性主义的批判，女性主义认为霸道总裁文是男权社会的产物，是对改革开放后女性解放努力的颠覆。如果从后女性主义逻辑来分析，答案恐怕并不是那么绝对。城市作为现代文明最集中的地方，它抛弃了旧时封闭的生产和生活模式，各种日常行动都可能成为一种消费行为。互联网覆盖城市各个角落，各种线上沟通软件令人与人的交往方式变得简单且直接，人的思想变得开放又复杂。一方面，城市里的女性就业机会大幅增加，女性的经济收入获得极大提高，基本生活的经济来源不再需要依赖男性供给。但是另一方面，男性把控住各个行业的领导权和话语权，女性如果想要在激烈的竞争中获得更好的物质收入，最省心的办法就是依然遵循男权社会的发展规律。在这样的社会背景下，继承和创新"台湾言情"的霸道总裁文所描绘的"男强女弱"相处模式就像"安慰剂"一样安抚了女性的矛盾心理，暂时满足了女性对完美两性关系及享乐主义的幻想。

《何以笙箫默》是一部典型的霸道总裁文。赵默笙和何以琛分手七年后再度相遇。

---

[1] 郑也夫.后物欲时代的来临[M].北京：中信出版社，2018：33.
[2] 贝尔.资本主义文化矛盾[M].赵一凡，蒲隆，任晓晋，译.北京：生活·读书·新知三联书店，1989：118.

此时何以琛已经成为法律界的精英人士，他拥有自己的律师事务所，社会地位高，收入不菲，属于典型的中产阶层。赵默笙回国之后，去了一家杂志社做摄影记者，收入肯定不及何以琛，甚至还受到职场欺压。赵默笙的性格乐观，待人温柔善良，属于典型的"傻甜白"角色。如同所有霸道总裁文的桥段一样，何以琛对赵默笙非常痴情，两人分开七年，他依然对赵默笙念念不忘。作者尽可能以赵默笙的"平凡"来衬托何以琛的"厉害"。比如，大学阶段，赵默笙作为理工生，微积分这门课还要靠法律系的何以琛辅导；赵默笙在国外待了那么多年，依然无法帮何以琛翻译英语资料……这些细节的出现不断佐证赵默笙的普通，女性读者在阅读这些桥段时会有极强的代入感，无须太努力，只要保持"天真善良"，也可以遇见一个爱自己的霸道总裁。

有趣的是，尽管作者一再强调何以琛对赵默笙一往情深，但是何以琛对赵默笙的爱恋并不体现在"尊重"和"平等"上，何以琛每次向赵默笙示好，都是以一种男性"俯视"的姿态，哪怕是他们已经领完结婚证，何以琛依然是以一种高高在上的口吻与她谈话：

"小姐。"工作人员拿过表格，迟疑地再问了一遍，"你真的是自愿的吗？"

以琛的脸色差极了。

"当然。"默笙笑着说，"刚刚我在想，家里的窗帘选什么颜色好。"

从民政局出来，以琛扔了一把钥匙给她。"把你的东西都搬到我那里去。至于窗帘的颜色，你爱换就换好了。"他微微讽刺地说。

默笙没注意他的嘲讽，握着手中的钥匙，有些心神不定，太快了，可这是必然的，不是吗？

以琛又从皮夹里拿出一张银行卡，"所有的支出都从这上面支付，密码是××××××，记住了？"

默笙点头又急忙摇头，"不用给我，我自己有的。"

以琛冷凝着脸说："我不希望我们结婚第一天就因为这个而闹矛盾。"

默笙知道他固执，无奈地接过，隐约觉得有什么不对劲。

"那你呢？"她怎么感觉他完全把他自己排除在外。

"我？我要去广州出差一周。"他抬腕看表，"一个小时后的飞机。"[1]

---

[1] 顾漫. 何以笙箫默[M]. 沈阳：沈阳出版社，2010：81.

何以琛和赵默笙的相处关系是传统"男强女弱"两性模式的缩影,何以琛以命令式的口气与赵默笙对话,丝毫不考虑赵默笙的感受,赵默笙没有恼怒,甚至并没有反抗,而是顺从何以琛,女性读者从文字中获取的最大感受其实是何以琛的物质财富和社会地位的诱惑,比如他扔给赵默笙一张银行卡,让她随意消费。这种建立在物质财富上的爱情关系是霸道总裁文的根基。男尊女卑并不是男女关系中的固定模式,而是"两性间的相对关系,是在差序格局的人伦关系网中生成的"[①]。女性创作者本该打破这种不平等的两性模式,宣扬独立自主的现代女性特性,事实上她们却利用女性慕强和享乐主义的心理,令笔下的女主角通过最便捷地获取财富的方式——出卖身体,来获取财富和社会地位。

匪我思存的网络小说《千山暮雪》更是把这种"男尊女卑"的爱情故事推向了极至,通过"虐恋"来展现女性依赖男性的局面——男性为施虐者,女性为受虐者。"霸道总裁"莫绍谦用暴力的方式与童雪强行发生亲密关系,为了把童雪强留在身边,莫绍谦给予童雪大量物质财富作为补偿,童雪在这段虐恋中一边享受莫绍谦提供的物质财富,一边付出身体的代价。

有学者认为童雪可能患上了斯德哥尔摩综合征,但是纵观《千山暮雪》全文,不难发现童雪在这段虐恋中委曲求全的最大诱惑来自莫绍谦的物质财富。这种诱惑也刺激着读者的欲求,令她们在阅读过程中找到一种快感,并因此导致作品销量倍增。读者对此类型文的喜爱激励着大量作者投入霸道总裁文的创作,女性网络文学中充斥着描绘这种"男财女貌"爱情故事的文本,为女性读者制造欲望世界。从文学层面来看,文学本该从生活中汲取养分,描绘生活又高于生活,但霸道总裁文却箍住了作者和读者的视线,对于读者来说是不公平的,对于现实生活来说也是失之偏颇的。一旦"安慰剂"药效过后,女性读者从"霸道总裁爱上我"的套路文提供的快感中苏醒过来,最终发觉这只是女性一厢情愿编织的自欺欺人的美梦,这一类型的套路文就难以为继了。

从消费角度来看,网络文学属于一种情感消费品,消费品的特性是大量复制和快速更迭,当某种商品销路不错时,引来商家大量复制生产,一旦此类商品市场趋于饱和,那么生产者自然会制造新的欲望刺激消费者,新的商品迅速出现并占领消费市场。晋江文学城最先出现脱离传统"霸道总裁文"的群体动作,并形成耽美文和女尊文两个独立的类型文。耽美文和女尊文是对传统"霸道总裁文"男尊女卑叙事模式的反抗。

---

① 王纯菲.中国性别理论与女性文学批评[M].北京:社会科学文献出版社,2014:55.

从耽美文和女尊文的出现可以看出时下年青一代女性对传统两性关系已经提出了强烈的质疑,她们不太相信男强女弱的爱情模式。在这个背景之下,第四代女性网络作者崭露头角,她们不再对传统两性模式全盘信任,进而思考女性作为一个独立的个体如何生存、发展并获得成功。在第四代女性网络作者的笔下,男主角并非全是"霸道总裁",他们有可能位于社会最底层,有可能还面临着巨大的生活压力,女主角不再是一味的"傻甜白",她们是互联网时代下的独立女性。相较于第三代女性网络作者笔下的那些不食人间烟火的角色,第四代女性网络作者更愿意以日常视角来进行创作,更加贴近当下生活。不过,第四代女性网络作者描绘的日常生活与20世纪80年代的新写实小说还是存在区别的。新写实小说诞生背景是改革开放前后,经济水平较之前获得飞速发展,社会生活方式发生巨变,人们逐渐重拾对日常生活的热情。比如池莉的《不谈爱情》《烦恼人生》《绿水长流》,还有方方的《大篷车上》《风景》,等等,都是以小市民的视角来描述日常生活的。第四代女性网络作者大多数出生于20世纪90年代,她们是在互联网和智能手机下成长的一代。因为互联网的匿名特性,这一代年轻人更加愿意选择可以隐匿真实身份的线上交流,这种交流相较于她们母亲那一辈人更自由也更贴近生活。她们要表达的"小市民"含义更接近于"废柴"。①

2016年,Twentine 在晋江文学城连载作品《打火机与公主裙荒草园》,男主角李峋不同于传统网络都市言情文里的"霸道总裁",他出身于社会底层,家庭环境不太优越,他凭着自己的能力获得了事业上的成功。女主角朱韵出身教师家庭,家教严格,循规蹈矩。她与李峋的这段爱情并不是传统的男强女弱关系,就像女主角自己讲的那句话:"我除了是他的女朋友,我还是平均绩点全班第一的人,我选择跟他,并不只是爱情。"②与第三代女性网络作者相比,第四代女性网络作者更愿意尝试建立新的爱情模式,并在此基础上探讨女性的生活困境、社会地位及未来规划。网络作者唐欣恬的家庭婚恋作品则完全跳出霸道总裁文,把聚焦点放在都市普通人的家庭生活。她的代表作《裸婚——80后的新结婚时代》(后来改编成电视剧《裸婚时代》)没有从天而降的霸道总裁,也没有天真无邪的"傻甜白"女性,作者让男女主角直面现实生活中的房价高、物价高、婆媳矛盾等尖锐问题,非常具有时代感。

作者在小说第一章就挑明立意:

---

① 网络用语,"废柴"或写作"废材",源于粤语,在 ACG 及网络中指百无一用、没有任何反抗能力的废人。邵燕君. 破壁书:网络文化关键词[M]. 北京:生活书店出版有限公司,2018:292.
② Twentine. 打火机与公主裙荒草园[M]. 青岛:青岛出版社,2017:173.

"如果，我早知道生了孩子的结果，是有一天要和孩子她父亲分道扬镳，那么我想，也许我不会生下这个孩子。或者说，如果，我早知道和这个男人结婚的结果，不是与他连理比翼，而是要与他的父母，以及他父亲的母亲朝朝暮暮，那么我想，也许我不会和他结婚。"①

随着市场经济的发展，生活水平不断提高，很多"80后"的夫妻只能被迫选择"裸婚"——无车无房无钻戒，不办婚礼不度蜜月。结婚前，童佳静对爱情充满了憧憬；结婚后，童佳静生下一个女孩，没有为刘家"传宗接代"，公婆与媳妇之间的矛盾让她和刘易阳的婚姻变得岌岌可危，最终走向离婚。作者击中了现实婚姻中很多尖锐的问题，没有物质基础的婚姻能幸福吗？婆婆与媳妇之间的矛盾如何调和？这些问题是每个进入婚姻的人必须面对的现实，因此获得了读者极大的认同感。

传统两性模式不断受到新一代网络文学作者的质疑，虽然爱情依然是女性叙事的主题，但是这一代的作者更加愿意让女性人物为了实现自己理想生活状态而活着。这种叙事主题的改变与消费社会对社会生活的改造有着莫大的关系。女性不再会全盘接受传统的两性关系模式，她们会对传统爱情模式进行反省、反抗，并计划重新构建理想中的两性关系。女性网络文学领域中这些新的声音是否就能代表着女性完全独立和自主的意识？现在看来，依然是不够有力的，虽然其看似从霸道总裁文中跳出来，但依然局限在爱情关系中，无法从宏观角度来探讨女性整体生存乃至人类生存的命题，这种局限使得本来就位于社会政治边缘地位的女性更难去争取与男性平等的话语权。

第二节　情感与权力的网络结构

尽管女性对纯粹爱情抱有执念，并不太愿意涉足男性世界秩序的编写，更愿意把自己局限于日常生活之中，但是随着女性群体社会力量不断地增强，女性对社会话语权的追逐越发强烈，宫斗文的兴起便是女性欲望扩大的最好例证。"宫斗"从字面上来解释，主要指古代朝廷后宫人物以及她们身后的家族为了争夺皇室特权和财富而展开的斗争。这种以事实存在或者虚拟架空的古代宫廷为背景，主要讲述与后宫争斗、妃嫔争宠、前朝禁苑息息相关的情感纠葛或权力倾轧的网络小说，被称为宫斗小说或者

---

① 唐欣恬.裸婚——80后的新结婚时代［M］.北京：华文出版社，2010：2.

宫斗文，同种题材的古装电视剧则称为宫斗剧。[①]宫斗文属于网络古代言情范畴，于2007年左右从女性网络穿越文中独立出来。如果要谈论宫斗文，不可避免要从穿越文谈起。穿越是指某个人从一个时间点穿越去另外一个时间点，可以去到未来，也可以回到过去，"穿越"作为一种叙事文本并不是中国首创的，在19世纪西方科幻小说中就已经出现。女性网络文学的穿越文具备穿越和言情两大特征，业界公认第一部穿越文是玄月汐的《北风》。穿越文成为女性网络文学中一种类型文，是以"清穿三座大山"的出现为标志的：《梦回大清》（作者：金子）、《步步惊心》（作者：桐华）、《独步天下》（作者：李歆）[②]，这三部网络小说的基本故事框架都是现代女性穿越去清朝，与皇亲国戚发生各种恋爱关系，并陷入他们之间争权夺势的斗争中。其中，以桐华的《步步惊心》最为著名，白领张晓[③]无意中穿越变成清朝的马尔泰·若曦——廉亲王八阿哥的侧福晋马尔泰·若兰的妹妹。在短期离开无望的情况下，张晓接受变成马尔泰·若曦的现实，并卷入了"九龙夺嫡"的历史事件。作者从女性视角来描述这次历史事件，各利益代表者为了争夺皇权，阴谋诡计无所不用其极，为了满足女性阅读者的偏好，作者巧妙地将爱情故事穿插进这些"宫斗"桥段，女性读者在阅读时除了产生一种强烈的竞技获胜感，同时又获得爱情欲望的满足。

宫斗文摘除了"穿越"这个桥段，放大了穿越文中的"宫斗"剧情，并且从中国古代文学中汲取素材，令"宫斗"小说的历史边界不断扩大。比如，《汉书·外戚传下》中记载赵氏姐妹被皇帝专宠、飞扬跋扈的姿态：鸿嘉三年，赵飞燕潜告许皇后、班婕妤挟媚道，祝诅后宫，詈及主上。许皇后坐废。[④]《史记·吕太后本纪》记载吕雉因嫉妒而折磨戚夫人："吕后最怨戚夫人及其子赵王，乃令永巷囚戚夫人，而召赵王；[⑤]太后遂断戚夫人手足，去眼，煇耳，饮瘖药，使居厕中，命曰'人彘'。"[⑥]这种描述后宫嫔妃之间争风吃醋的古典小说曾一度销声匿迹，随着女性网络文学的兴起，它成为宫斗文素材源泉。宫廷承载了历代民众对于上层社会的普遍想象，史家往往注目王侯将相，对民间生活仅用寥寥数笔匆匆带过，这种缺失为稗官野史和戏文小说提供了无穷的想象空间，同时也制造了大众文化的生长点。[⑦]宫斗文数量众多，主要有：流潋紫的代表作品《后宫·甄嬛传》《后宫·如懿传》系列，瞬间倾城的代表作品《未央浮

---

① 邵燕君.网络文学经典解读［M］.北京：北京大学出版社，2016：334.
② 也有人认为第三部是《瑶华》，作者是晚清风景。
③ 桐华最初在网络上连载《步步惊心》时，女主角名字叫张小文，出版时改成了张晓。
④ 班固.汉书［M］.北京：长城出版社，1999：503.
⑤ 司马迁.史记［M］.北京：北京时代华文书局，2014：29.
⑥ 司马迁.史记［M］.北京：北京时代华文书局，2014：29.
⑦ 崔乐."宫斗"之风不可长？［N］.人民日报，2011-05-31（12）.

沉》,爱打瞌睡的虫的代表作品《宫斗》,水心清湄的代表作品《后宫升级记》,慕容湮儿的代表作品《倾世皇妃》《眸倾天下》等。女性创作者把这些古代后宫及王侯将相宅内的故事不断地放大,增添现代元素,令宫斗文符合现代女性的阅读习惯。

宫斗文的畅销与市场经济的发展不无关系。在市场经济运作下,私有企业数量增多,越来越多的年轻人偏向于选择私有企业就业。私有企业强调公平竞争,以"盈利"作为工作目标和基本审核标准,职场女性为了在职场站稳脚跟,必须与男性一起争夺有限的资源,尔虞我诈的竞争成为职场常态。宫斗文的场景如同复杂的职场,如果能获得皇上的宠爱,意味着嫔妃及她身后的家族都能享受皇族特权和荣华富贵。在宫斗文中,扮演女性欲望对象的是手握重权的男性及他身后的荣华富贵,女主角为了得到欲望中的完美男性,必须与各种女性进行争斗,在这个争斗过程中获得同性嫉妒和异性爱怜,女性读者在阅读时收获快乐,并通过宫斗文实现女性欲望的满足。消费市场打破一切传统垄断壁垒,强调自由竞争,宫斗小说传递出来的适者生存理念,受到年轻人的追捧。刚刚入宫的宫女如同刚进入职场的大学生,最大优点就是年轻、精力十足,缺点也是十分明显:缺乏社会经验,实力与野心存在错位。那些已经爬上妃位的女性则像职场里的中高层管理人员,要么倚老卖老,要么实力雄厚,但是无论如何,她们都和其他男性高管一样,表面上对皇上(企业最高管理人)言听计从,私底下则组建各种利益集团,拉帮结派,为自己攫取最大利益。宫斗小说这种利益集团的组建方式与职场游戏不谋而合,导致很多职场女性在阅读时很容易产生代入感。为了活下去,为了活得更好,职场新人不但需要拼技术,还要拼智慧和手段。纵观宫斗小说,最后获胜者都是权谋术的熟练运用者,这也与现代职场规则不谋而合。更重要的是,宫斗小说还美化了"女性身体物化"这个概念,权益与性结合在一起,激发读者的猎奇心。宫斗文中表现的权力欲望和情色消费,从某种意义上来说,其实是一种社会表象。

《后宫·甄嬛传》是宫斗文里最具代表性的作品,它集合了之前宫斗文中所有"宫斗"元素,标志着宫斗文自此走向成熟。作者流潋紫虚构了一个名为大周的朝代,创建了一个类似《红楼梦》里的"大观园",这是一段以女性视角为主的虚构的历史故事:

我初进宫的那一天,是个非常晴朗的日子。乾元十二年农历八月二十,黄道吉日。站在紫禁城空旷的院落里可以看见无比晴好的天空,蓝澄澄的如一汪碧玉,没有一丝云彩,偶尔有大雁成群结队地飞过。鸿雁高飞,据说这是一个非常好的预兆。①

---

① 流潋紫.后宫·甄嬛传Ⅰ[M].石家庄:花山文艺出版社,2007:2.

有学者认为当女性作者把性别经验融入日常叙事的空间,甚至是在一个大的时代背景下进行女性叙事时,便孕育出了一种全新的概念:女性新历史主义,"在心理上已经内在化的边缘地位,使女性历史经验完全不同于男人们"①。女性主义新历史叙事特别强调性别,即女性视域。流潋紫将甄嬛这个女性的一生作为故事主线,将女性视域与一段历史交融在一起,借由甄嬛这个人讲述了历史的另一面——后宫争斗。在这段虚构的历史故事中,女性欲望成为故事发展的动机,周遭的一切都在女性视域下展开,女性读者极易获得代入感。

首先是权力欲望。后宫权位高低与皇帝的恩宠挂钩,各路嫔妃为了个人生存和家族利益,拼命争夺皇上的宠爱。甄嬛从最底层的妃嫔一级一级往上攀升,攀升的过程如同升级打怪的电子竞技游戏,她一边遭遇各种人的阻挠和陷害,甚至中途她不得不选择"出宫礼佛"来保存性命,另一边她与其他后宫女子结成联盟,抱团取暖,最终取得个人意义上的胜利。

> 远远殿上,眉庄举杯向我微笑,敬妃、端妃、吕昭容皆是我盟友,胡昭仪纵然得宠却已不能生育,安陵容早已失宠,连我封妃大典亦不被允许观礼,祥嫔、祺嫔更不足惧。而滟贵人,那个神情清冷如霜雪的女子,我心底微微叹息一声。②

其次是爱情欲望。相较于霸道总裁文为女性读者勾勒出完美的男欢女爱模式,宫斗文则令女性读者通过阅读获得了权力欲望和爱情欲望的双重满足。当女性读者从总裁文的美丽谎言中清醒过来,发现作者描绘的完美两性模式只是虚幻的泡沫,而现实中的女性依然是两性关系中的弱者时,她们可能由阅读收获的"爽"感过渡到一种极度的失望,宫斗文则给女性读者带来另一种"爽"感。甄嬛一直在纠结皇帝对她是不是真爱,但是随着宫斗的加剧,她渐渐发现,她对皇上的情给她带来了极大的麻烦,甚至连她的思维模式都受到这份情的约束。最终甄嬛放弃了对皇上的爱,从此她以一种独立的姿态思考自己的人生和未来,并学会利用皇上对她的爱,达到权力的巅峰。有趣的是,甄嬛遭遇人生低谷时,她意外收获了皇上弟弟的爱慕,甄嬛也对他动了真心。作者为了延续宫斗文的主题,设计巧妙桥段,皇上弟弟为了保护甄嬛,偷换毒酒,失去性命,甄嬛被迫再次放弃真爱。作者颠覆了以往言情小说编织着"王子一定会保

---

① 牛顿.历史一如既往? 女性主义和新历史主义[M]//张京媛.新历史主义与文学批评.北京:北京大学出版社,1993:204.
② 流潋紫.后宫·甄嬛传Ⅴ:终结[M].桂林:广西师范大学出版社,2008:329.

护公主"的美梦,而是教诲女人放弃对爱情的执念,才能理性地面对生活。《后宫·甄嬛传》后来被改编成连续剧《甄嬛传》(导演郑晓龙)获得空前的成功,甄嬛不是传统道德文化下的中国女性角色,她有仇必报有恩必报,对付陷害自己的人从不心软,她最后达到权力顶峰也是借用了皇上对她的迷恋之情,完全抛弃了以往女性言情小说对于完美爱情的追逐。

二十多年前郑晓龙也拍过一部同样讲述女性一生的连续剧《渴望》。《渴望》女主角刘慧芳是典型的中国传统妇女形象,她贤良淑德的性格与有仇必报的甄嬛截然相反,无论是面对毫无血缘关系的孩子小芳,还是忘恩负义的丈夫王沪生、薄情寡义的小姑子一家,刘慧芳都是毫无保留地付出真心。好人没有得到好报,刘慧芳一生却过得极其坎坷,故事最后她遭遇车祸瘫痪在床。《渴望》电视剧播出的时候,正值"十年动荡"结束,那个时期的人们在刘慧芳的身上看到了传统美德存续的可能性,刘慧芳饱受生活折磨,不改善良淳朴的品格,勇敢地承担生活重担,这种女性形象在当时来讲是一种正面形象,经历浩劫的人们需要这种女性角色来激励生活。时代在变化,市场经济的发展,竞争不断扩大化,进一步激发人们对物质生活的渴望。金钱的能量以前所未有的方式揭示着人性的复杂性,改变着社会生活方式和生活理念。刘慧芳这种善良隐忍的传统女性不太符合争强好胜的现代职场女性形象,甚至年青一代的女性还给刘慧芳这样没有底线的善良女性取名"白莲花"①,在她们的定义里,这种善恶不分的白莲花是无法在职场里获得最后的成功的。

《后宫·甄嬛传》令宫斗文开启了反"白莲花"和权谋论模式,并直接影响了接下来女性网络文学古代言情小说的创作走向,直接促进"宅斗种田文"②的扩大发展。宫斗文及它的影视衍生品极大地满足了大众特别是年轻女性读者的精神宣泄,它将中国古代传统与现代独立女性意识相结合,女性读者在阅读这些文本时能够寻找到一种强烈的"代入感"和"爽"感。尽管如此,我们依然要看到,这些在宫斗中获胜的女性即便攫取了与男性同等的政治权力,依然不能把她们划入真正意义上的独立女性范畴,她们是利用男性的爱恋和自己的身体来换取社会地位和物质生活的,从她们身上看到的是对男权社会的无限膜拜和强烈依赖。这种性别利用和依赖并不是真正的女性

---

① "圣母"和"白莲花"含义大体相同,均用来形容和讽刺文学、影视作品中大量出现的一类女性角色:温柔善良,逆来顺受,毫无心机,同情心泛滥,对爱情忠贞不渝,总是无原则地原谅所有伤害过她们的人,并试图以爱和宽容感化敌人。邵燕君.破壁书:网络文化关键词[M].北京:生活书店出版有限公司,2018:309.

② "种田"一词最早出现在 SLG(策略类)游戏中,早期种田文是男性向的历史、玄幻等带有争霸元素的网络小说,后来女性向的宅斗小说借鉴了这种叙事模式,发展了"宅斗种田文",又称"家长里短文"。邵燕君.破壁书:网络文化关键词[M].北京:生活书店出版有限公司,2018:274.

主义思想体现。此外，建立在传统文化和历史背景上的宫斗文存在着大量与历史不符甚至相悖的文字内容，为了让读者在阅读中找到游戏升级般的快感，不惜大肆宣传人性恶和权谋文化，字里行间全是在推崇权谋文化及对权力的膜拜。学者王彬彬曾在论文《当代中国的诡谋文艺》中解释了权谋文化："权谋这一概念似乎不能囊括各种各样的阴谋诡计，所谓权谋，本义指随机应变的计谋，现在则可引申为权而谋。但历史上、影视中权谋之表现则远不止这两种。所以，我觉得用诡谋文化指称一切阴谋诡计，可能更合理些。"① 按照宫斗文中的"权谋文化"理念，谁的权谋术厉害谁就能在斗争中取胜，心地善良的好人是斗不过擅长权谋术的坏人的，好人只有变得比坏人更坏才能最终打败这些坏人。这种扭曲人性的价值观无疑会误导大众审美观，从长远来看必然会对行业生态健康发展和民族文化自信、社会伦理道德造成不良的影响。

第三节　女性乌托邦的建构

波伏娃在《第二性》中提到："人们把女人称为 Le sexe，意思是说，在男性看来，女性本质上是有性别的、生殖的人；对男性而言，女人是 Sexe，因此女人绝对如此。"② 过往历史的种种都是在男权统治下进行的，占有话语权的男性理所应当认为由于女性的生理构造，女性必须承担生育和抚育后代之苦。男权社会对女性进行各种规划与限定，迫使女性必须按照男性定义去成长与定型。这一点，我们可以在林语堂的《吾国与吾民》里找到共鸣：社会上坚决的主张，即奴婢到了相当年龄，也应该使之择偶。婚姻为女子在中国唯一不可动摇的权利，而由于享受这种权利的机会，她们用妻子或母亲的身份，作为掌握权力的最优越的武器。③ 父权社会下的女性没有原生家庭的继承权，如果想获得自由特别是经济自由，最简单的办法就是通过婚姻离开原生家庭的父权统治，进入另一个家庭，成为这个家庭的女主人。这种方式看似摆脱父权的控制，但是如果她没有为这个家庭生育子女，那么女主人的地位可能会被剥夺，甚至还会被赶出家门，由新的女主人替代她的身份。换句话说，不履行生育和抚育后代责任的女性会遭受男性社会的责备和异样眼光，特别是在相对思想封闭的东方社会。关于这一点，中国古代有专门的典籍记载，比如，《大戴礼记·本命篇》把不能生育子女视为可

---

① 王彬彬.当代中国的诡谋文艺[J].文艺研究，2012，246（8）：32-39.
② 波伏娃.第二性[M].郑克鲁，译.上海：上海译文出版社，2011：9.
③ 林语堂.吾国与吾民[M].黄嘉德，译.长沙：湖南文艺出版社，2018：122.

以休妻的正当理由。中国传统两性伦理不但要求女性履行生育的义务，而且下一代的性别也影响着女性在夫家的地位。费孝通在《江村经济：中国农民的生活》中提到生育男孩对于中国传统女性的重要性，"她如果可以生一个孩子，特别是一个男孩，她的地位也可以得到提高。在生孩子之前，丈夫对她的态度是冷淡的，至少在公开场合是如此……甚至在家中，只要有别人在场，她的丈夫如果表示出对她有一些亲密的感情都会被认为是不妥当的……"[①] 在中国传统两性伦理的驯化之下，中国女性长期呈现出一种逆来顺受、贤良淑德的面貌。

随着市场经济的发展，女性的境遇获得改善，大量女性走出家门参加工作拥有收入，女性拥有了比之前更多独立选择和发展的机会，她们通过接受高等教育获得了和男性同等的话事权，社会地位相应提高。社会转型加剧，经济结构不断调整变化，逐步形成多元化的社会格局，原有的传统两性模式受到巨大冲击和震撼。女性文学作为一种社会意识，及时地反映了中国女性这种变化。1994年，林白发表小说《一个人的战争》，女主角多米不似她身边大部分女性那样喜欢异性，她非常确定自己迷恋的是女性，而不是男性。林白从女性视角出发，大胆地把男性排除在爱情关系之外，这种离经叛道的叙事文本在当时社会引起了轩然大波，甚至被人冠上"黄书"的恶名。不久，陈染带着她的《私人生活》出场，进一步书写了女性同性恋之间的私密情话。这些公开颠覆男性在两性模式中统治地位的叙事文本虽然获得大量关注，但是也受到了社会传统道德伦理的批判。

20世纪末，互联网进入迅速发展期，女性群体找到了一个发声的契机，网络匿名机制为女性群体对现状不满的宣泄创造了条件，无论是文学创作者还是阅读者都可以隐匿自己的真实性别，通过文字暂时逃避社会现有的两性模式的禁锢。互联网为女性提供了一个建构乌托邦的场所。现实生活中两性生理上的差异导致男女在就业机会和层次上都存在不平等的现象，心理年龄日益成熟的独立女性读者渴望与男性一样摆脱生育和育儿的烦琐事，能够拥有一些重要事件的控制权，耽美文和女尊文在这种背景下崭露头角。这两种叙事文体都是女性在互联网这个虚幻空间上搭建出的"乌托邦"。它不是一个理想的、遥远的、虚构的空间，而是需要依托现实社会的各种功能和机制，或者借助社会成员的思想和想象的触动，才能建构的一种带有现实社会影子的想象性社会[②]。女性群体试图通过互联网书写反抗被中国两性传统伦理赋予的依赖性角色，尝试在虚构的爱情故事中追求和肯定属于女性的个人价值及存在意义。

---

① 费孝通.江村经济：中国农民的生活［M］.北京：商务印书馆，2001：57.
② 王德威.乌托邦、恶托邦、异托邦：王德威谈从鲁迅到刘慈欣［N］.文汇报，2014-06-03（3）.

耽美小说，又称 BL 小说（Boys' Love）。"耽"的本义是沉溺、沉迷，"耽美"可以理解为沉迷于美，进入互联网时代，"耽美"这个词发生了变化，它变成了日语 TANBI 的中译词，特指男性之间的爱情。有学者对"耽美小说"一词做过如下的解释：主要由女性作者写作、以女性读者为预设接受群体的男男同性爱情故事。①本书采纳这个定义。日本的耽美文化最开始是以漫画形式进入中国的，直到 20 世纪 90 年代末期，随着互联网技术的推广，日本耽美小说才开始进入中国。网络文学的出现和发展，使得耽美小说的发展迅速超过耽美漫画，成为中国最主要的耽美表现形式。晋江文学城专门开设了耽美同人站，旗下设有现代耽美频道、古代耽美频道等 6 个子频道。这是中国最具影响力和号召力的耽美小说站点，拥有众多的耽美小说作者，比如 Priest（代表作《镇魂》）、巫哲（代表作《撒野》）、大风刮过（代表作《桃花债》）等。耽美文与传统文学中描写男同性恋的小说不同，耽美文创作者的主观目的并不是反映现实社会中男同性恋们的真实生活，大部分耽美文是女性作者幻想出来男男相恋的爱情模式。耽美小说里的角色分为"攻"（日语：め）和"受"（日语：け），二者都是男性，在性格上分为"雄"和"雌"。"攻"在二者关系中处于主动方，拥有攻击力，可以理解为"雄"；"受"处于被动方，被动接受，可以理解为"雌"。耽美文的内核依然是女性创作者包括阅读者借着"受"的男性外衣，大胆地进入了男权社会，暂时摆脱了男权社会下女性身体被消费的困境以及女性生育和哺育后代的困苦。

女尊顾名思义，以女为尊。有学者如下定义："女尊"是在以女性为尊的时空背景下进行的两性易位书写的女性向网络文学类型，也指代一种女性向特有的女强男弱、女尊男卑的世界观设定。②大部分女尊文都是以架空的方式建构时空背景的，在这个虚构的世界里女性的社会地位明显高于男性，完全颠覆了现实中的"男尊女卑"模式，甚至还会发生男性成为女性奴隶、男性生子哺育后代等夸张情节。与耽美文不同的是，女尊文里的角色生理属性依然是男性与女性两种性别，只是整个社会的性别秩序被颠倒过来。关于女儿国最早的记载可见于《山海经·海外西经》：女子国在巫咸北，两女子居，水周之。③《大唐西域记》中也有关于女儿国的记载：此国境北大雪山中，有苏伐剌拿瞿呾罗国（唐言金氏）。出上黄金，故以名焉。东西长，南北狭，即东女国也。世以女为王，因以女称国。夫亦为王，不知政事。丈夫唯征伐田种而已。土宜宿麦，多蓄羊马。气候寒烈，人性躁暴。东接吐蕃国，北接于阗国，西接三波诃国。④这些记

---

① 邵燕君. 破壁书：网络文化关键词［M］. 北京：生活书店出版有限公司，2018：173．
② 邵燕君. 破壁书：网络文化关键词［M］. 北京：生活书店出版有限公司，2018：301．
③ 徐客编. 图解山海经［M］. 南昌：江西科学技术出版社，2012：438．
④ 玄奘，辩机. 大唐西域记校注［M］. 季羡林，等校注. 北京：中华书局，1985：408．

载给后来的网络女尊文提供了传统文化的源头。

根据女尊文的特征,可将其划分为男性生育与女性生育两大类型文。男性生育文代表作品有:《四时花开之还魂女儿国》《青之翼》《湖畔炊烟》等。宫藤深秀的《四时花开之还魂女儿国》是其中的代表作,这部网络小说依据清代李汝珍创作的《镜花缘》中"女儿国"的故事展开想象:

首先,她和当朝的天子是亲姐妹!听到没有,是姐妹,不是兄妹!

也就是说她现在待的这个地方,女人是皇帝!而且是世袭的,而那些男皇子,根据那个虎背熊腰的女人的话是"嫁"人了!也就是说,这个世界不但是女人当皇帝而且还是男人嫁人!所有的概念综合起来,这里,女尊男卑!

额头上有一层薄汗慢慢沁出来,瑞珠强压下快速跳动的心,她还不能太高兴……

她已经知道了她和当今天子是姐妹,这里还是个女尊男卑的世界,那么根据那个看起来对原瑞珠忠心耿耿的总管所说,她不但和当今天子是亲姐妹,她那个姐姐还很宠她,她不知在王号前加封是什么意思,不过根据她有限的那点历史知识,清朝内宫里面封号加一个字就是多少多少万两的银子,她注意到她的这间卧室虽然不是很奢华,但也是雕梁画栋,所以,她现在很有钱,不但有钱,而且有势!①

在《四时花开之还魂女儿国》中女人是皇帝,男尊女卑的现实社会被颠倒过来,男性位于被统治地位,所以文中在描述婚嫁时,男性是"嫁"给女性。作者不单单把男性扭转成"主内"角色,还设定男性具有生育能力(需要吃下食琼果才能怀孕)。男性生育是女尊文的特征,也是最具颠覆性的设定。这种设定一方面出于现实社会中女性对男性的"报复"心理。怀孕生子给女性身体造成伤害,也影响女性职场升迁,女性在生育哺育上的付出并未获得相应的回报,甚至还会因此受到职场鄙视。激进女性主义认为女性受压迫的原因不是由阶级原因造成,而是由生理原因导致的,特别是女性的生育,只有通过诸如避孕技术、试管婴儿、人工授精及无性繁殖这类科学技术的进步把女性从生育这一压迫她们的生理功能下解放,女性的处境才会有实质性的改善。②换句话说,激进女性主义认为正是因为"女性生育"这项生理属性,让男女各自的社会价值出现根本性的差异,并导致性别的不平等化。虽然随着社会进步,女性经济和意识的独立越发强烈,但是除非女性选择不生育,否则一旦履行生育职责,生理

---

① 宫藤深秀.四时花开之还魂女儿国1[M].北京:21世纪出版社,2007:30.
② 李银河.女性主义[M].上海:上海文化出版社,2018:85.

差异问题依然会伴随女性一生。而那些选择不生育的女性也会遭受男性社会的直接谴责或者间接鄙夷。当这些困境没有找到合理的解决途径时，女性创作者只能在网络文学这个乌托邦创建"男性生育"这个情节，让女性获得解放。

女性生育文（也称为"女强"文）大多以未来幻想文为主。在这种类型文中，女性是强者，不但在体力上大大超过男性，而且还掌握了最先进的毁灭性武器。不过，有趣的是，作者们没有改变女性的生理构造，人类社会还是由女性生育后代。这一类型文的质量参差不齐，不过依然给女性读者提供了一个充满欲望和权力政治的空间，实现女性自身价值范围的扩大与增值。其实"女强"文可以看成女性网络穿越文中的分支。最早的《梦回大清》《步步惊心》《独步天下》等，都是从女性视角来讲述一段历史故事，这段故事里女性作为主角和事态发生中心点，女性的心理变化成为事态发展下去的标杆。"女强"文继承了穿越文中以"女性视角为中心"的叙事方式，并把它扩大成以"女性作为社会领导者"的叙事方式，在"女强"文中，女性不但成为自己命运的主宰，同时还能主宰男性的命运，为现实社会中无法突破男权壁垒的女性主义者提供了一个看似合法的"乌托邦"。

总而言之，耽美文和女尊文都是对传统两性模式的颠覆，但是这种颠覆是建立在虚拟网络世界之上的，仅仅是女性的美好愿望，这个社会的话语权依然掌握在男性手中，所以这种假设的快感持续时间并不太长久，女性读者很快就发现耽美文和女尊文描绘的世界非但不能真正实现男女平等，更像是父权概念的偷换。耽美文中的"受"角色其实是披着男性外衣的女性角色，女尊文里的"霸道女总裁"其实是当下社会里男性霸总的投射。再加上小说创作者刻意用性行为和奢侈生活场景做噱头来吸引女性读者，文本中充斥着大量色情描写，非常不利于网络文学的健康成长。女尊文在2008年前后达到鼎盛时期，之后就呈逐渐下滑趋势。2004年与2014年两次净网行动之后，网络最大的耽美文聚集地晋江文学城把耽美文这一类型文本拆散再合并进纯爱文类型。这种趋势其实也意味着女尊文与耽美文的发展走向了一个"瓶颈"。这种超意识文本的网络创意写作虽然在短时间内能吸引读者关注，但因为与中国传统性别伦理相悖，这种离经叛道的叙事文本一旦泛滥，势必会影响到整体市场的运作，而最终受到市场的约束。

第四章 女性新形象的创造

上一章我们讨论了女性网络文学对两性关系的构建。通过这些文字，我们可以发现女性对于当下两性关系存在着不满，有趣的是，她们不会直接进行反抗，而是选择在安全范围内进行内部改造。比如，现代言情文中男主角开始出现非"霸道总裁"型的男性形象，新的男性形象更加接近大众日常审美。又比如，宫斗文映射现代职场，女性的欲望被极大化，但是男性的霸权统治依然是位于女性欲望之上，女性之间的宫斗内核指向依然是希望获得统治阶层男性的认可。时下流行的耽美文和女尊文，看似从性别角度出发对两性关系进行颠覆，这种带实验性质的文本一开始极大化地刺激女性读者，但是随着阅读新鲜感的消失，再加上这种内容颠覆并不是建立在可持续发展的基础上，而是脱离社会生活现状和女性现行意识状态来捏造故事情节，自然会被阅读经验逐渐丰富的女性读者识破谎言。

为什么女性作者不敢在网络小说创作中进行有力的反抗呢？不妨从学者凡勃伦的"代理消费"中寻找答案。按照代理消费的逻辑，"以执行代理有闲为职务的那些人，是仆役阶级的一部分，他们渐渐担负起一类全新的附属任务，即进行代理性消费"[①]。占据社会大部分资源的人总是想通过支配另一部分人获得优越的生活及身份象征，被支配的群体也借助"主人"的财力，获得相应的财富和社会地位。随着社会进步，特别是消费社会的兴起与发展，这种代理消费看似渐渐被消解，但是其实以另一种方式存活在社会各个层面上。随着社会的进步，女性获得了解放与独立并赢得相应的尊重，最明显的例子就是越来越多的广告都是以女性视角或者以女性为中心的，女性群体成为一个独立且重要的消费群体，但是究其内涵，女性群体现状可能还是在一种类似照镜子的行为中寻找存在感，最终目的是在以男性为主导的社会中获得被认可的社会地位，也印证了凡勃伦代理消费中最重要的定则："代理有闲和代理消费的整个等级，必

---

① 凡勃伦.有闲阶级论：关于制度的经济研究[M].李华夏，译.北京：中央编译出版社，2012：163.

须用这样的方式或在这样的情况下来完成他们的任务：能够清楚地向主人表明，他们的这种有闲或消费是属于主人的，由此所带来的荣誉对主人也是有效有益的。"①

尽管网络女性作者依然没有勇气挑战以男性为主导的社会，但是这并不意味着她们没有尝试描写"新"女性。我们依然可以看到第四代女性网络作者笔下那些"新"形象，从城市新女性、"大女主"、离异女性、单亲妈妈到"高智商女配"。这些被重新建构的女性形象挑战了传统两性社会对女性的束缚，反映出现实社会中的女性试图在安全范围内进行反抗并获得社会认可。比如网络都市言情文《欢乐颂》《都挺好》中的精英女性，她们在职场上拥有一席之地，经济独立，甚至还超越了大部分社会中的男性群体，她们是成长在新女性意识和互联网时代下的女性，即便如此，她们依然要受到传统两性伦理的绑架，她们的诉求在现实社会中得不到理解和支持，最后只能是用类似妥协的姿态与社会和解。宫斗文最新代表作《延禧攻略》中的女主角魏璎珞，完全抛弃女性言情小说中的"傻甜白"性格，也不似宫斗文中那些为情所困的女主角，她可以对命运不公进行反抗，可以与权势进行抗争，还可以与同命运的人互帮互助，魏璎珞是否属于独立女性？答案恐怕没有那么绝对化。穿越文《太子妃升职记》中的张芃芃心理上是一个男性，却意外穿越进一个女性身体里，这种尝试从男性视角来看待后宫女性之间争风吃醋的叙事方式非常新颖，男性心理与女性生理之间的冲突成为推动整个叙事过程的动机因素，但是作者的"男性视角"是否真的代表现实社会中的"男性视角"？答案依然有待商榷。对于现代消费社会下的女性来说，消费文化的影响是根深蒂固的，一方面她们迫切需要证明自己的独立性，另一方面男性话语权又以比以往更隐蔽的形式引导着她们的行为。在这种背景下，我们必须以一种辩证的观点来看待女性的"新"形象，然后才能从这些"新"形象中分析出女性困境背后的根源。

第一节　女性形象变迁

我们探讨女性网络文学中的女性形象变迁，不可能离开"浪漫之爱"（或者称作纯爱）这个叙事主题，甚至可以说，我们是在探讨"浪漫之爱"模式之下女性形象的变迁。社会学家吉登斯曾经对英国近代流行的爱情小说进行过以"亲密关系"为主题的讨论，他认为："浪漫之爱是把一种叙事观念导入个体生命之中——这种叙事观念是一

---

① 凡勃伦.有闲阶级论：关于制度的经济研究[M].李华夏，译.北京：中央编译出版社，2012：164.

种套式，从根本上延伸了崇高爱情的反射性……与浪漫之爱相联系的复杂理念第一次把爱与自由联系起来，二者都被视作标准的令人渴求的状态。激情之爱永远是解放式的，但解放的意义仅仅是因为俗务与义务发生了决裂。也正是因为激情之爱的这一品质才使之从既存的体制中脱离开来。与之相反，浪漫之爱则直接把自身纳入自由与自我实现的新型纽带。"① 历史在不停变迁，这种以"浪漫之爱"为主题的爱情小说一直占据着女性文学市场，并成为女性文学中无法逾越的叙事主题。女性对浪漫之爱的渴望远远超过男性，这也是为什么琼瑶、席绢等台湾言情女作者会受到女性读者追捧。女性的爱情叙事模式并不是一成不变的。作为一种社会存在的反映，它随着社会及人的观念改变而发生变化。消费社会的兴起和深入发展，引发了社会文化的转型，中国现代女性在这个转型过程中又缺失一场真正意义上的妇女解放运动，消费文化、西方女性独立思潮与中国传统性别伦理互相杂糅一段时间后，最终以一种后女性主义的形态存活在当下女性思想层面中。

我们可以从女性网络文学爱情叙事模式的变化来感受女性思想的变化。最开始，继承台湾言情模式的女性穿越小说直接表达了女性对爱情的执着追求，即便是穿越到了古代，女性最主要的职责依然是与皇亲贵族谈情说爱，对于权力与财富的欲望并不太浓烈。这些穿越小说中的女主角身上被打上"玛丽苏"的标签，她们总是比其他女性更容易获得男性的追求，爱情就是她们生活中的主要主题。这种纯爱模式一旦发展到了极致，类似消费市场某种商品趋于饱和，消费者的欲望便不再旺盛，这个时候市场自然就会诞生新的商品。很快，宫斗文就从穿越文中分裂出来，充满欲望的女性角色开始出现在各种皇权斗争中，权谋论与阴谋论的情节成为宫斗文中与浪漫之爱并行的主线，"傻甜白"式和"白莲花"式女主角反倒成为人们唾弃的对象。这种转变也与当时的社会变化无不相关，女性的经济地位崛起，女性独立思想越发成熟。宫斗文中的女主角也被赋予"大女主"的称谓。但是，随着权谋论、阴谋论在女性网络小说中的蔓延，"大女主"的坎坷一生开始受到女性读者的排斥，那些总是能够"救女主于危难之中"的男主角们让阅读经验丰富的女性读者觉得过于夸张，现实生活中肯定无法遇见这种完美男人。随之而来，种田类型文兴起，女主角们一改宫斗文中"大女主"对权力的渴望，索性承认社会环境对女性的不公，这种承认不是颓丧，而是在这种环境中积极寻找适合女性的位置。纵观这条"浪漫之爱"的变迁线，可以明显看到网络文学中女性形象的变化："傻甜白"式女主角—大女主式女主角—后女性主义式女主

---

① 吉登斯.亲密关系的变革：现代社会中的性、爱和爱欲 [M].陈永国，汪民安，译.北京：社会科学文献出版社，2002：53.

角。本书尝试从三个女性形象的分析出发，结合性别叙事和性别建构，分析消费社会下女性主体塑造的变化。这三个形象分别是金子《梦回大清》中的茗薇、流潋紫《后宫·如懿传》中的如懿与关心则乱《知否知否应是绿肥红瘦》中的盛明兰。这三本网络小说的背景都是以男权为主导的社会，具有共同的内在意义。通过分析这三个女性角色与男权社会之间的关系，及她们背后的社会背景、社会阶层，她们与不同社会背景语境的关系，从而进一步理解现代女性的成长境遇。

业界公认清穿小说"始祖"是金子所著的《梦回大清》，其讲述了一个生活在21世纪的都市女性茗薇在故宫里迷路后，意外穿越去了康熙年间，与众多阿哥谈情说爱的故事。这本网络小说奠定了清穿类型文的基本情节模式。之后，桐华的《步步惊心》、李歆的《独步天下》、夜安的《迷途》、晓月听风的《末世朱颜》等大多是沿着《梦回大清》的叙事模式开展的。这些清穿小说的女主角大多是都市年轻女性，受过高等教育，对于清朝历史都非常熟悉，因为某些意外穿越到清朝后宫，最后凭借自己的美貌、位居高位男性的宠爱及自己本身对清朝历史的了解生存下来，最终获得了爱情。《梦回大清》发表于2004年，女主角茗薇是都市里普通的职场女性，日复一日的上班生活令她倍感无聊，而茗薇对日常生活的"无聊"感觉也是当下无数年轻女性心态的反映。

> 我叫茗薇，一个普通的上班族，天天往来于城市的各个角落，做着烦琐而又忙碌的工作。我的最大爱好就是到各个古建筑景点参观。因为我是满族，所以每次走在那些地方总是有种不同的感觉，总想这要是在过去，我又会是在干什么呢？呵呵！反正不会是现在天天面对无聊的财务报表和分析。①

按照这部小说描述的背景推断，女主角茗薇应该出生于改革开放前后，她成长于市场经济环境之下，见证了市场经济带来的生活水平的剧变。相较于她母亲那一代人，无论是教育水平还是思想意识，都远远超越。茗薇这一代人受过高等教育，也愿意接受西方女性独立思想，但是依然无法完全摆脱中国传统性别伦理观念。在中国传统两性伦理观念中，社会对女性要求强调"服从"二字，女性的"服从"不单单是服从丈夫，更要服从丈夫整个家族，女性个体是作为丈夫整个家族的附属。《礼仪·婚义》中提到："婚礼者，将合两性之好，上以事宗庙，而下以继后事也。"对于传统中国女性来

---

① 金子. 梦回大清[M]. 北京：朝华出版社，2006：1.

说，婚姻并不是个人情爱的衍生，而是与丈夫整个家族相连。基于这种背景，不难理解，为什么"贤良淑德"的女性角色会在一段时间内获得读者的青睐。市场经济下成长的现代女性渴望突破"贤良淑德"式女性形象的束缚，这种突破以一种"傻甜白"式的女性形象出现在女性网络文学中。根据邵燕君教授主编的《破壁书：网络文化关键词》一书中的解释："傻甜白"是指网文、影视作品中某一类天真、迷糊、没有心机的女性形象，因为无知到近乎傻气与白痴而被略带鄙视地统称为"傻甜白"。[①] 这种"傻甜白"式的女性形象看似是对"贤良淑德"式女性形象的颠覆，实际上并没有跳脱传统女性形象的框架，它依然是男权社会定义之下的"服从角色"。在女性网络文学的创作主题中，浪漫之爱是"傻甜白"式女主角们追求的目标，换句话说，相比于做一个独立的女权主义者，"傻甜白"式女主角们更想追求的是打破常规的女性生活规律，比如拒绝适龄结婚生子、拒绝安稳不变的工作状况、追求自由恋爱等。这也是一种突破。

不过，单纯追求浪漫之爱的穿越类型文终于迎来了阅读经验丰富的女性读者的厌烦，女性读者们越来越无法理解为什么那些手握重权和巨额财富的阿哥们会围着一个"傻甜白"式女主角转，这些莫名其妙的爱恋与阴险的角斗越发衬托出女主角的软弱。这种只会扮演"天真""楚楚可怜"的"傻甜白"式女主角无法适应现实中复杂的职场争斗。有趣的是，之前被人唾弃的"绿茶婊"式角色反倒受到追捧。根据邵燕君教授主编的《破壁书：网络文化关键词》一书中的解释："绿茶婊"（Green Tea Bitch）泛指在他人、特别是异性面前楚楚动人、温柔纯情，如绿茶一样文艺、清新、无害，但实际上却工于心计、玩弄感情，懂得利用性别优势获得利益的女性。[②] 在很长一段时间内，女性网络文学中的"绿茶婊"女性角色一般是指女配角，她存在的目的就是专门给"傻甜白"式的女主角制造各种陷阱，但是随着以权谋论为主题的宫斗文的兴起，隐忍式的"白莲花"角色渐渐受到阅读经验丰富的读者抛弃，反倒善于利用性别优势来达到目的的"绿茶婊"式女主角能够在宫斗剧中活到最后。这种阅读上的"抛弃"与"追捧"与消费文化下的女性欲望扩大化有关。在消费时代下，人的欲望没有天花板的限制，消费文化制造各种刺激欲望生长的机会，金钱和权力以前所未有的影响力操控着人的思维及实际行为。"傻甜白"式女性角色不适合与"欲望"挂钩，但是"绿茶婊"式女性角色却代表着"欲望"本身。"傻甜白"式女性角色以善良、天真为特征，她们不擅长与人钩心斗角，"隐忍""以德报怨"是她们身上显著的标志，这种性格的女性角色无法适应当下社会资源的竞争，阅读经验成熟的女性读者在阅读此类文本时获取不了太多

[①] 邵燕君.破壁书：网络文化关键词[M].北京：生活书店出版有限公司，2018：307.
[②] 邵燕君.破壁书：网络文化关键词[M].北京：生活书店出版有限公司，2018：491.

的爽感。"绿茶婊"式女性角色反倒会利用性别优势，她们属于目标型竞争人格，只要能达到自己的目的，哪怕是选择一条与人性及道德相悖的道路也未尝不可。

流潋紫的宫斗文《后宫·如懿传》可以看作其《后宫·甄嬛传》的续写。后者的女主角甄嬛从进宫选秀至爬到权位最高峰，这一成长过程如同一场升级打怪的游戏，读者在阅读过程中获得极大的爽感，但是综观全书，不难发现甄嬛这段"升级打怪"过程其实是以两性关系中的"爱情"作为动机的：对爱情失望，再次相信爱情，对爱情绝望，最后报复爱情。这种动机其实很好理解，女性只是爱情关系的一方，仅凭一方的努力无法让爱情关系趋于稳定，所以这种以"爱情"作为生命动机的女性一定会受到"爱情"的伤害，甄嬛赢得最后的胜利是因为放弃对爱情的执念，才导致她"心狠手辣"并最终登上权力顶峰。《后宫·如懿传》延续了《后宫·甄嬛传》升级打怪的宫斗模式，流潋紫为了稀释女性的权力欲望，用追求"浪漫之爱"作为如懿入宫的最初目的，即便做了这种写作上的处理，依然没有跳脱"甄嬛"式女性升级打怪的宫斗模式，依然是把对爱情失望作为追求欲望的动机：皇帝为了平衡各路利益不能独宠如懿，如懿在随皇帝第二次南下时发现皇帝的荒唐行为，遭到皇帝训斥，并打算废黜如懿的皇后之位，如懿对"浪漫之爱"的追求被中断。

"昔日犯下的种种错处，是我咎由自取！如今困锁深宫，我也坦然。"她（如懿）仰头望着声色俱厉的姑母，"姑母！情爱和权欲固然是魔障，但清醒更让人寒冷，让我们百思不能超脱的，难道只有皇上吗？儿女离散，夫妻背心，皇上也未必好到哪里去！"

姑母的嗓音凄厉划过，是恨铁不成钢的无奈，"便是皇帝让你失望又如何？终究只有一个皇帝，抓住了他，便抓住了一辈子的指望。"

"曾经我也这样想，我曾把一生托付于他，渴望得到安稳的人生，可是等待我的，是一次又一次的失望。"如懿渐渐平静，从容道来，"姑母，我以为只有这个男人会让我失望，后来我才知道，真正让我失望的，是我过了几十年的这样的日子。我不想再这样了。姑母，我想问问您，您活着的日子，有哪一日是真正的平安喜乐，顺遂无忧？"①

如懿虽然如甄嬛一样对"浪漫之爱"失望，但她最后并没有如甄嬛一样抛弃对爱

---

① 流潋紫.后宫·如懿传：大结局[M].北京：中国华侨出版社，2015：222.

情的追求转而走向权力的巅峰，而是去反思权欲争夺带来的恶果。她从"宫廷生存"的角度去看待这些争夺权欲女人的行为，并没有从爱情角度去妒忌这些女人与她共同分享男人的宠爱，她把这些女人看成男人权力斗争的牺牲品。如懿这种"看"其实也预示着作者及女性读者本身对宫斗文模式的厌倦。刘小枫在其著作《沉重的肉身》中曾这样描述过"爱情"："爱情是最为纯粹也是最为脆弱的自由……人们见到不幸的爱情远比幸运的爱情多，不过是因为一个人在世的时候要遇上性情相合的人的机会几乎等于零，上帝从来没有许诺，也不能保证性情相契的两个人一定会相遇。"① 因为性别生理构造及传统两性伦理的驯化，女性似乎喜欢把爱情作为生命最重要的东西之一，甚至愿意为爱情付出全部，而绝大多数男性则会被教育不能追逐爱情，应该把爱情置于多件事情之后，男性应该去更广阔的世界一展身手，而那些沉醉于男欢女爱的爱情世界里的男性会受到社会的谴责。女性无法仅凭自身摆脱对爱情的追求，同时也无法挣脱男权社会的制约，在这种情况下，主张承认男权统治的后女性主义获得了大部分女性的认可。后女性主义主张消解了现代女性主体推崇的"独立、自主"等大女性观念，反而认可人性中的惰性和世俗，鼓励女性趋利避害享受当下。

全面保守的种田文显示了这种观点。种田文最开始出现在男性向的历史、玄幻等网络类型文中。"种田"这个网络术语起源于网络游戏，玩家以建设和扩充自己的领地来增长自己的势力，这种扩张领地的方式被玩家们称为"种田"。女性穿越文的宅斗文借鉴了这种叙事类型模式，从而发展出"宅斗种田文"（又称家长里短文，简称种田文）。《破壁书：网络文化关键词》中对于"宅斗种田文"定义是：此类小说集中描写穿越到大家族中的女主人公经营家宅的生活琐事，通常更突出人物心理和细节描写，将"种田"这一策略从争霸天下引进宅斗宫斗。② 女性种田文一改穿越小说中王公贵族的故事背景，而是让女主角穿越去古代平凡人家，角色可能是农妇、丫鬟、童养媳等社会地位卑微的角色。种田文中的女主角褪去了宫斗题材中女性渴望改变身份地位的愿望，故事模式也减弱了升级打怪的叙事方式，女主角尽量适应身边的险恶环境，从中找到适合自己发展的道路，寻找合作者，努力经营自己眼前的"一亩三分地"。

2018年，改编自网络作者关心则乱的同名网络种田小说《知否知否应是绿肥红瘦》（以下简称《知否》）的电视剧在各大电视台及视频网站播出，获得了极大的关注度。原著是穿越种田文，影视改编后，原著中的穿越情节只留下古代生活部分。原著讲述了现代社会中一位民事法庭书记员姚依依穿越成为盛府庶女盛明兰的故事。盛明兰的

---

① 刘小枫. 沉重的肉身［M］. 北京：华夏出版社，2017：67-68.
② 邵燕君. 破壁书：网络文化关键词［M］. 北京：生活书店出版有限公司，2018：275.

形象符合大多数宅斗种田文女主角设定：趋利避害、内敛聪慧。比如姚依依在穿越之前已经是一个心智身体皆发育成熟的都市女性，但是她穿越到了一个小女孩身体里，她非但没有自怨自艾，反而尽量适应这副幼小身体，为了掩盖自己的身份，她假装不认识字，重新学习认字写字，还得跟着府中年长女性学习古代女性传统礼仪。姚依依把丈夫顾廷烨当作自己的老板看待，用经营公司的理念经营着整个家族，也没有因为自己的庶女身份而愤慨不安，而是尽快寻找到适合自己的位置。所以，她不似之前那些穿越文中女性角色精灵古怪、毫无顾忌，也不似宫斗文中的女主角熟练地使用权谋论，反倒是非常"接地气儿"。

而现在的明兰小姑娘呢，亲妈是小妾，而且已经死了，估计这会儿正等着投胎，老爹有三男四女，看似也不特别喜欢自己这个庶女，还有一个没有当生母打算的嫡母。好处是她不用考公务员考职称，坏处是她将来的丈夫人选她没有权利发表意见，将来的人生她只能碰运气，有家暴她不能找警察，自己抹点儿红花油凑合，有小三小四甚至小 N 她也不能吵闹，得"贤惠"得当自己姐妹，丈夫差劲猥琐实在过不下去了，也不能闹上法庭。

哦，对了，还有更糟的，她也许连个正房也凑不上，庶女向来是做妾的好材料呢。

这样富有挑战性的人生，叫姚依依如何甘心。

可她只能甘心。

她学着母亲当初礼佛的样子，恭敬地跪在观世音菩萨面前，双手合十，诚心诚意地祈求，祝祷那个世界的母亲兄长平安康泰，莫要牵挂女儿；从今天起，她会关心粮食和蔬菜，关心河流和大山，认真努力地生活下去。①

盛明兰弱化了自身对权力欲望和"浪漫之爱"的追求，而是把关注点放在日常生活的舒适度上，这种选择令盛明兰形象更加接近当下普通女性的心境，更能获得大众的共鸣。

综上所述，茗薇、如懿、盛明兰这三个女性形象所呈现的变化代表了消费社会对女性的要求与塑造：当消费社会刚刚兴起时，人们基本生活需要刚刚得到满足，女性不安于再延续传统女性发展的轨迹，自由追求爱情成为女性最直接的渴望也是最便捷的突破口。以茗薇为代表的女性角色对未知世界充满探索的冲动，与陌生男人的爱恋

---

① 关心则乱. 知否知否应是绿肥红瘦1［M］.北京：中国华侨出版社，2019：198.

是一种对传统礼教的最初反抗。随着女性地位不断获得提高，特别是受过高等教育的女性数量递增，女性越来越渴望与男性争夺社会话语权。强调资源自由配置的消费市场讲究的是"自由竞争"，为了谋生与发展，女性必须与男性一样学会争斗。在此背景下，宫斗文获得女性读者的喜爱，以甄嬛、如懿等为代表的女性有勇有谋，她们象征着职场上那些叱咤风云的白领女性。事实上，女性获取社会话语权的代价大大超过男性，生育与家庭成为女性最大的生理与心理牵绊，女性在经历了一系列争斗之后，发现社会依然是男性把控的，在这种情况下不难理解为什么种田文所描绘的"男耕女织"的画面会深受女性读者喜爱，同时这种趋于保守的后女性主义思潮也获得男性的认可，盛明兰式女性角色便有了存在的理由。女性社会学家朱迪斯·巴特勒把女性主体与社会性别关联起来，她敏锐地指出，女性"必须先符合作为主体的资格才能得到再现"[①]。虽然巴特勒的观点有待商榷，但是她也肯定了一个事实，当我们在谈论女性形象时，必须把她们放置在一段特定的社会关系中，再进行具体的历史和事实分析。女性不是一个抽象的事物或者符号，她们是社会历史的产物。

第二节　女性阶层镜像

消费社会离不开消费阶层，本书讨论文学作品中的女性形象时，其实也是在剖析这些女性角色所处的阶层标签、特征及作者为什么要赋予她们这类阶层特征。阶层标签和特征的养成不是一朝一夕的事。某个人所隶属的社会或阶层，基本上决定了他应当持有什么样的生活水准。其直接原因是：他要时刻注意到这个生活水准，久而久之习惯成自然，这个水准就与他的生活方式合而为一，因此使他认为执行这个消费水准是对的、好的。[②]甚至，保持特定的消费习惯已经成为阶层的一种礼仪，谁要是不遵守这个礼仪，有可能被排除出这个阶层之外。从人类发展史来看，任何阶层的人都在竭尽所能地保持阶层仪礼，不但如此，下一阶层还一直渴望再往上一个阶层靠近。基于此，我们再来探讨女性网络文学作品中的女性形象，会有新的收获。最开始，女性网络文学的现代言情文（下文简称现言文）大多是"霸道总裁"类型文，随着网络文学的发展及读者阅读经验越来越丰富，现言文打破"霸道总裁"类型文为女性勾勒的美丽幻想，逐渐把叙事主题拉回现实社会。城市依然是现言文故事发生的集中地，女性

---

① 巴特勒.性别麻烦：女性主义与身份的颠覆［M］.宋素凤，译.上海：上海三联书店，2009：2.
② 凡勃伦.有闲阶级论：关于制度的经济研究［M］.李华夏，译.北京：中央编译出版社，2012：201.

创作者把目光对准都市里的"新"女性。尽管存在着"新",但是这些"新"体现在经常出入高档酒店、餐厅、咖啡馆等消费场所的都市女性群体,作者们热衷描述她们的城市生活及心理变化,至于她们与社会的千丝万缕关系及她们如何在男权社会获取认可,作者们似乎并不太乐意去挖掘这些不光彩之面。总体而言,这些单维度的描写对于都市"新"女性群体来说失之偏颇。

我们选取了阿耐的两部网络小说《欢乐颂》《都挺好》来做对比,通过这两部小说,我们或许可以看到一些与当下现言文不一样的"都市新女性"。《欢乐颂》中的五位女性和《都挺好》中的苏明玉都是都市新女性,一方面她们享受都市社会的物质财富和社会特权,另一方面她们依然没有办法完全突破男权社会的束缚,这个矛盾冲突不仅涉及阶层镜像的问题,还涉及社会文化对于男女的双重标准等现实性问题,非常值得研究。

《欢乐颂》以五个家境不同的女性为主角,讲述了她们在大城市的打拼过程。消费社会带来了社会分级,最初的社会等级仅仅依赖物质收入多少来划分,随着消费社会的深入发展,社会物质逐渐丰厚,社会等级逐渐出现更为细致的划分,"日常消费品的社会地位越来越低。收入本身因巨大差异的不断缩小,已失去作为明显标准的价值"①。现实社会中贫富分配不均,农村和城市经济发展不均衡,但是在财富集中的城市区域内,随着居民生活水平大幅度上升,建立在物质丰盛之上的都市社会等级划分更加趋向于一种精英标准,"工种和责任类别、教育和文化水准,以及参与决策、知识化能力或是我们这个丰盛社会的两个重要的财富"②。

《欢乐颂》中的安迪是一个同时拥有美貌与高智商的女性,她是海外名牌大学的金融博士,还曾在华尔街工作。她的社会关系也非常"精英":亲生父亲是政界高官,外公是著名画家(给她留下多套房产与天价的字画、古董),她的男闺蜜谭宗明,是一位是金融大鳄,暗恋她,富二代包奕凡也对她一见钟情。位于精英阶层的安迪难免盛气凌人,为人处世时丝毫看不见小女人的纠葛和犹豫。但是作者给安迪的"精英身份"设计了一个缺陷——这个缺陷来自她的母亲。安迪父亲娶了患有精神病的母亲,之后又抛弃母亲回到城市,年幼的安迪被送去孤儿院,饥寒交迫且遭受虐待,导致她成年后特别爱吃肉,并且害怕与人亲密接触,书中也提及安迪喜欢独居,不喜欢合住。此外,安迪的母亲和外婆都患有精神病,安迪非常担心自己也会患上精神病。安迪认为这会影响到她的精英地位,所以她在介绍自己时都是用"安迪",而不是本名"何立

---

① 鲍德里亚.消费社会[M].刘成富,全志刚,译.南京:南京大学出版社,2000:93,42-43.
② 鲍德里亚.消费社会[M].刘成富,全志刚,译.南京:南京大学出版社,2000:93,43.

春"：何是她患有精神病母亲的姓，立春是她被送去孤儿院那天的节气。当安迪发现包奕凡的母亲要去调查她的过去时，她不惜动用自己手上的金融资源，恐吓包奕凡母亲，甚至她还放弃原则，向自己之前看不起的魏国强求助，以求达到阻止自己隐私被揭穿的目的。这样的矛盾心理导致安迪这个角色变得不完美，但又非常有棱角，令人印象深刻。

书中另外一个"精英"女主角曲筱绡虽然与安迪一样，都属于有钱的女性群体。但是，曲筱绡的文化水平和政治背景把她排除出社会精英阶层。曲筱绡是暴发户的女儿，她继承父业，同时也继承了暴发户阶层制造财富时的两面派嘴脸：对于自己有帮助的人或者高于自己等级的人极尽趋炎附势，对于低于自己等级的人则摆出居高临下的姿态。比如，她对安迪溜须拍马，对包奕凡更是拼命巴结，对于比自己稍弱的关雎尔说话尚算客气，但是对于经济收入远远不如她的樊胜美和邱莹莹则表达出明显不屑的目光，甚至她时常嘲弄挖苦樊胜美买假名牌，对邱莹莹更是各种颐指气使。所以不难理解为什么曲筱绡会倒追留洋医学博士赵启平。有趣的是，曲筱绡与赵启平两次分手都与曲筱绡"没文化"有关。第一次是赵启平通过安迪讲的笑话间接发现曲筱绡没文化，并意识到她与自己的文化知识不在同一等级，选择与她分手。第二次分手是曲筱绡为了讨好赵启平，在赵启平车上安装了一台远远高于车价的音响，导致赵启平被人嘲笑"小白脸"。这种嘲笑令清高的赵启平完全无法接受，他再次选择与曲筱绡分手。阿耐刻意为曲筱绡设计了一个没她有钱但文化水平比她高的男朋友，极其符合曲筱绡暴发户家庭出身的个性，同时这呈现了曲筱绡所处的"暴发户"群体对精英文化的崇尚。

关雎尔出生于城市中产阶层，一方面她具备中产阶层特有的稳重且趋于保守的性格，另一方面她对安迪的指令完全服从，符合中产阶层想靠拢社会精英阶层的心愿。所以不难理解为什么关雎尔也会喜欢赵启平，因为赵启平和她是同一类人。但是因为家庭教育，关雎尔的性格偏向保守性格，不敢对赵启平展开热烈追求，最终这场感情变成了一场暗恋。位于城市底层的樊胜美和邱莹莹同样受到自身阶层的束缚，两人虽出自同一个阶层，却因为樊胜美原生家庭"重男轻女"的思想，导致樊胜美个人发展比邱莹莹更加艰辛。樊胜美个人资质尚可，又在外企工作，收入可观，因为原生家庭对她的过度索取，导致她在衣食住行方面都受到限制，所以她费尽心机想去结交比她更高阶层的男性，并希望借此摆脱生活的困境。如同所有底层女性一样，她渴望通过最便捷的方式——婚姻，来改变她窘迫的现状，但她完全不熟悉上层阶层的游戏规则，比如她大量采购假的奢侈品，想让自己看上去像精英女性，却在安迪和曲筱绡的衬托下露出窘态。樊胜美只能退而求其次，接受和她同阶层的男性王柏川的爱情，她潜意识里想把自身的家庭重担过渡到王柏川身上。两人经过热恋之后，矛盾集中在房子上。樊胜美希望王柏川在房产证上加上自己的名字。王柏川作为一个在城市刚站稳脚跟的男性，他当然不愿意割让自己的经济资本赠予樊胜美及她背后的家庭，樊胜美的爱情梦想最终成为泡沫。邱莹莹相对幸运，因为父母的支持，她的经济状况稍微宽松，经济没有压力使她在争取自己爱情的过程中轻装上阵，虽然中间遭遇挫折，最终嫁给位于中产阶层末层的应勤。从某种意义来看，这是邱莹莹能力范围内能争取到的最好的爱情结局。

阿耐巧妙地把五位位于城市不同阶层的女性安排在同一层，看似描述了五位女性之间的友谊及彼此的工作与感情故事，实则体现了各个阶层在与其他阶层群体相处时的矛盾与融合。每个女孩身上都打下了原生阶层的烙印，她们的言谈举止和思维方式都代表着该阶层的利益。《欢乐颂》呈现了都市女性的不同阶层层面，打破了之前单一的都市女郎形象，赋予了她们不同的阶层特征，使得都市女性形象变得立体。尽管这些多维度的都市女郎形象不太完美，比如害怕孤独、自私、懦弱、狡诈甚至冷漠等，这却是现代女性的真实呈现。

阿耐另一部网络都市小说《都挺好》则把视角聚焦在一个大家族内。《都挺好》讲述了从小生活在"重男轻女"环境下的苏明玉依靠自己努力获得了世俗意义成功的女性励志故事。苏母去世后，苏明玉作为家庭里"最有用"的人不得不出手拯救整个家庭。苏明玉经济独立、为人处世干脆利索甚至有些盛气凌人，但是传统"男尊女卑"的两性思想却在她脑海里根深蒂固，导致她虽然位于社会精英阶层，却在两性意识上出现明显的偏差和矛盾。这种偏差和矛盾集中体现在她与原生家庭的关系及自己的婚恋态度上。

苏明玉的母亲退休前是市里大医院的护士长，"各色奖章取出来可以披挂全身，俨然一副金光闪闪的铠甲"①。苏母为了城市户口，嫁给了苏大强。苏大强与苏母洞房之夜，怀疑苏母不是处女，并把自己的怀疑告诉自己的母亲，导致苏母一进门就与婆婆关系恶劣，婆婆因此一病不起，之后，苏家夫妻感情一般。在未怀上苏明玉之前，两人已经快走到离婚的边缘，但是苏母意识到，如果她和苏大强离婚，不但苏家的老房子要被收回去，而且苏母的弟弟也拿不到城市户口。苏母不得不哄骗苏大强同房，怀上苏明玉，两人才继续生活下去——从这点来看，苏母对苏明玉的感情其实是从她出

---

① 阿耐. 都挺好[M]. 南京：江苏凤凰文艺出版社，2018：1.

生就附带着"恨",苏明玉的出生是苏母为了挽救生活的一枚棋子,也是苏母喜欢两个哥哥轻视苏明玉的导火索。而且从苏家当时的经济状况来看,苏母和苏大强供不起三个孩子都去读好的大学,至少要放弃一个,所以苏明玉成为苏母放弃的那个孩子。

苏母"重男轻女"的观念非常明显,她咬紧牙关把大儿子苏明哲送去美国留学,又把二儿子送去上海某重点大学念书,轮到苏明玉时,"干脆走了直线,与明玉的班主任商定,把明玉保送到本省本城的国家重点大学"①。苏明玉和苏母数次吵架未果,她决定不要家里一分钱生活费。之后,又因为苏明哲要带女朋友回家,苏母专门把家里装修一番,为了让家里显得宽敞明亮,苏母在没有告知苏明玉的情况下,直接拆掉苏明玉的卧室,导致苏明玉回家后只能在父母房间打地铺。苏明玉认为自己被忽视,寒暑假不回家直接睡在学校。导致苏明玉与苏母关系彻底决裂的缘由是,苏母为了二儿子苏明成的婚房,不得不卖掉自家大房子,换成一室一厅的小房子,完全没有考虑苏明玉的感受,"每每过家门而不入,时间全花在工作上,与出走的老总们一起打天下,小小年纪,成了公司最年轻的中层……每年只回家三次,父母生日与春节。大家都说她冷心冷面"②。

在这种"男尊女卑"的成长背景下,作为原本被家庭抛弃的苏明玉独立意识格外强烈,积极挑战以男权社会为女性设定的各种不公平框架,最终获得了世俗上的成功。不过,这种世俗上的成功并没有让苏明玉获得家庭成员的认可,一方面苏家男性希望苏明玉可以帮助苏家渡过难关,另一方面,苏家男性又焦虑苏明玉的独立威胁到自己男性的权威。这种焦虑集中在苏明成去打苏明玉那一段:

明玉冷冷地道:"我看不起你。"

明成越发狂怒,但对着已经躺在地上的对手他不太下得了手,只好又照明玉踢了几脚。"你忌妒我,你这条毒蛇,妈不喜欢你,你就把毒气全发泄到我和朱丽头上,你以为我不知道?不是妈一直拦着我,你能猖狂到今天?妈对你多好,含辛茹苦养大你,你就这么报答她?你除了害人你还会干什么?你这条毒蛇,你去向朱丽道歉。"

"猪。"明玉不屑向明成辩解,奇怪这个人是怎么滋润地活到那么大还活得那么顺畅的。但她凝聚起力气也无法起身,只有委屈地继续坐在地上,可已经没兴趣看明成表演,冷冷扭开了脸。她只恨自己是女人,即使挣扎起来,也不是明成这种孬种的对手。再强的女人,面对不讲理男人的时候,依然逃不脱小女人的命运。她心里说不出

---

① 阿耐. 都挺好 [M]. 南京:江苏凤凰文艺出版社,2018:1.
② 阿耐. 都挺好 [M]. 南京:江苏凤凰文艺出版社,2018:1-2.

是悲哀还是对自己失望。而对明成，她都没力气理他。①

这些描述看似在呈现兄妹之间的矛盾，但是内核却是两性价值观的尖锐冲突，事业有成的苏明玉令身为兄长的苏明成感受到不安和鄙视，他把愤怒转化成拳头，依仗男性在体力上大过女性的方式来惩罚苏明玉，并希望苏明玉屈服。苏明玉明明可以占据更多的话语权，而且她也意识到苏母的去世、苏家失去主心骨其实是一种不可逆之势，但是因为她骨子里早已被苏母灌输了传统男尊女卑的两性价值观，所以她主动压低话语权，承认自己在性别上的懦弱与无奈，希望可以帮助苏家重新建立以男性为核心的传统家庭模式，以此来安抚她内心的不安。她对老蒙的依赖和忠诚，其实就是变相地把老蒙当成自己的父亲，事事希望获得老蒙的认可，特别是婚姻大事上。当她要和石天冬结婚时，她希望可以得到老蒙的同意：

她最需要老蒙帮她的是预测未来两人的相处，她相信老蒙的眼光，她也相信自己的，但面对终身大事，她需要老蒙的肯定。老蒙肯定了石天冬的阳刚与豁达，老蒙估计两人之间不会阴盛阳衰。她就放心了。她最担心的是走上父母的老路……②

苏明玉潜意识里依然渴望在传统两性关系中获得安全感，这种情感上的不安全感尤其体现在她的婚恋观上。柳青和她位于同一个社会阶层，甚至还略高过她，但是苏明玉最终选择看上去与她完全不相配的石天冬。作者在设计柳青这个角色时，更多展现的是柳青的自私与计较，而且他还很花心，身边不单单只有苏明玉这一位亲密的女性朋友。苏明玉和柳青在一起的确可以获取更多的帮助，但是柳青却没有发觉苏明玉内心最渴望扮演的角色其实是"小女人"。石天冬的社会资本、文化水准及社会关系资源都不及柳青，他身上甚至还带着明显传统男人的性格特点，比如粗放，不拘小节，说话直接等，但是正是因为这些"缺陷"，反倒令苏明玉感觉到安全感。比如当苏明玉被苏明成打了后，柳青是理性地帮她分析利弊，而石天冬直接把苏明成揍了一顿。柳青身边的女性朋友众多，而石天冬心里只有苏明玉一个人，"根据女子的实际情况，她需要有人帮助和照顾（抑或这是女性依赖性的原因）。所以女性选择的是那种忠诚型的男性。当然，男子也希望女性'贞洁'，并忠于他。只不过当他觊觎其他女子时，又希

---

① 阿耐.都挺好·完结篇[M].南京：江苏凤凰文艺出版社，2018：211-212.
② 阿耐.都挺好·完结篇[M].南京：江苏凤凰文艺出版社，2018：303.

望对方不至过'迂',把贞洁二字看得太重"①。有趣的是,当石天冬向苏明玉求婚时,苏明玉内心的自卑感涌现出来:

"你会后悔,你会发现我本质非常变态,一个不正常家庭出来的孩子心理不会正常。其实我也不想害你啊,你的生活多么阳光,你会被我拉进泥沼。"②

苏明玉潜意识里为自己的原生家庭感到自卑,同样也为自己的心理"畸形"感到不安,这种自卑与她光鲜亮丽的外表及社会地位不匹配,甚至是矛盾的,作者却把这种矛盾全部放在苏明玉这个女性角色身上。

实际上,这种实际行为与心理预期出现差距的矛盾是现代都市女性的常态,受过高等教育的都市女性自认为属于独立女性,无论经济上还是生活上都无须依赖男人,单单依赖自己能力就可以过得从容自得,但是一旦涉及情感层面特别是婚姻家庭,她们依然渴望在两性关系中处于被保护地位,成为男人身边的"小女人"。这种渴望不但与中国传统两性伦理观念有关系,也与中国社会其实并未发生真正意义上的妇女革命紧密相关。女性的社会地位、受教育程度、经济收入等获得大幅度提高,特别是避孕手段的进步令女性生育与性分开,但是中国女性在观念上依然趋向于保守,传统两性关系模式依然是绝大多数女性渴望获得的情感及婚恋模式。哪怕是经济独立的都市精英女性也很难避免这种"小女人"心理。

阿耐之所以能塑造如此性格丰满的都市女性,与她本身经历不无关系。从作者为数不多的采访中可以得知,阿耐也是一位成功女性,她对都市女性在都市生活及职场生涯中的故事及内心心理变化了如指掌,所以我们才能看到那些与以往都市女性完全不一样的女性角色。阿耐没有放弃都市女性与男权社会之间的矛盾冲突,甚至把这些矛盾冲突戏剧化和扩大化,读者看到都市女性光鲜亮丽一面的同时,也看见她们在男权社会结构中的挣扎与无奈。特别是社会地位、经济收入较高的女性,比如《欢乐颂》中的安迪、《都挺好》中的苏明玉,她们甚至比大部分男性都拥有更多的选择权与话语权,她们与男权社会的矛盾冲突也最为严重。阿耐最终选择让这两位都市精英女性与男权社会和好,和好的方式是以回归传统家庭为标志。安迪与苏明玉都放弃了与自己实力相当的男性作为伴侣:安迪放弃谭宗明、苏明玉放弃柳青,两人宁愿向下输出感情,选择"大"男子气息浓厚的男性,满足自己在两性关系中渴望成为小女人的心理。

---

① 威尔逊.新的综合:社会生物学[M].李昆峰,译.成都:四川人民出版社,1985:165.
② 阿耐.都挺好·完结篇[M].南京:江苏凤凰文艺出版社,2018:259.

这种回归家庭的解决方式虽然消解了都市女性心理"畸形"的不安全感,究其内涵,依然是以男性权力价值体系为主导的,它抛弃了现代女性追求的独立、自由、平等的精神。作为一名畅销的网络小说作者,阿耐聪明地把叙事聚焦点放在了性别不平等的主题上,极大地引发了女性读者的共鸣,但是她笔下的女性角色依然没有能力打破对传统两性关系的依附关系,而是主动放弃与男权社会的对抗与冲突,最终服从社会主流期待的传统女性形象。尽管如此,我们依然要承认阿耐对笔下都市女性的"新"塑造,阿耐将这些都市女性身上的断裂与冲突双重抗力完美地演绎出来,让读者看到都市女性另一种命运的可能性,而这种命运恰恰是最现实也是最公平的呈现。就这一点来说,是非常值得称赞的。

第三节　去感情化的新形象

正如社会学家吉登斯所言,狂热的消费浪漫小说与爱情故事,在某种意义上正是这种消极性的实在见证。个体在梦境幻觉中追逐在日常世界中被否定而无法得到的东西。[①]浪漫之爱从根本上来说是女性单方面美化后的爱情,女性喜欢把爱情当成生命中最重要的事,男性往往会更加在意爱情之外的东西,比如个人事业与人际关系等,从这个角度来看,浪漫故事的虚幻性、非真实性表现了这种软弱卑微,即无能为力去接受、去面对在现实的社会生活中受挫的自我认同。[②]女性渴望驾驭捉摸不透的爱情关系,并幻想自己最终拥有一段完美的爱情关系,但是一旦踏入社会,她们就会发现现实社会极难存在一段纯粹、完美的爱情关系。当阅读经验逐渐丰富的女性读者从作者们构建的爱情故事幻影中清醒过来时,她们对这种单纯以浪漫之爱为主的爱情小说会报以不信任的态度。这也是为什么"霸道总裁类型文"的受众群体会逐渐减少,而以"爱情的缺失"成为女性攫取权力动机的宫斗文却在一段时间内获得了大量的关注。

宫斗文最让读者感觉到"爽"的地方往往落在女主角"冷酷无情"之时:女主角抛弃对爱情的追逐欲望,变成"心狠手辣"之人,爱情关系束缚不了她的思维方式和实际行为。这种叙事模式受到了广大女性读者的喜爱,并导致创作者在文本中大量制造这种情节。女性放弃对爱情的追逐,转而对权欲进行追捧,这种转变令男性群体坐

---

① 吉登斯.亲密关系的变革:现代社会中的性、爱和爱欲[M].陈永国,汪民安,译.北京:社会科学文献出版社,2002:59.
② 吉登斯.亲密关系的变革:现代社会中的性、爱和爱欲[M].陈永国,汪民安,译.北京:社会科学文献出版社,2002:59.

立不安。当反抗遭遇挫折时，女性很快就意识到，与其正面反抗整个社会制度，不如用一种温和的方式在男性领导的体制内攫取对自己有利的好处。于是，"冷酷无情"的情感独立方式被重新编写，女性网络作者索性从故事一开始就让笔下的女性角色去感情化。这种去感情化的女性角色摆脱了两性关系的束缚，没有爱情约束的女性获得了暂时的自由，并有机会去实现自己的理想。尽管不符合传统伦理道德观，但是去感情化的女性角色却给予当下女性群体另一种寻找自由的启发。本书借助两个文本及其人物形象，来观察这种去感情化的叙事模式及文本中体现的现代女性对自身境遇的理解。这两个文本分别是《延禧攻略》（作者：周末）、《太子妃升职记》（作者：鲜橙）。

《延禧攻略》首发于爱奇艺网站，它是基于网剧《延禧攻略》改编而成。它讲述了一个名叫魏璎珞的少女为亲姐姐复仇的故事。魏璎珞进宫的目的非常明确，她不是为了获取一段完美爱情关系，更不是为了财富与权力，而是为了替姐姐报仇。这个目的因为富察皇后的出现发生了少许改变，魏璎珞认为富察皇后对自己有知遇之恩，而富察皇后去世后，魏璎珞的进宫目的加进了"为皇后复仇"的内容，所以她才成了皇上的嫔妃。魏璎珞展现出来的各种行为都与"爱情""权欲"无关，亲情与友谊成为魏璎珞最在乎的东西，甚至为了亲情和友谊，魏璎珞放弃自己的"初恋"富察傅恒，选择做皇上的妃子。于魏璎珞来说，追逐一段完美的爱情关系并不是她存在于宫中最主要的意义，她时刻记着进宫的目的并为此一直在努力，魏璎珞这种去感情化的做事动机契合了当下自由竞争的社会环境，女性如果想在弱肉强食的职场上获得尊重，最好的方式就是不让爱情欲望左右自己的行事动机。

《延禧攻略》的爽点不是建立在一段完美的浪漫之爱之上的，而是在于"解气"。魏璎珞刚进宫时，她的床铺被其他宫女用水泼湿，她不像其他宫斗类型小说中的女主角一样任人欺负，而是马上就进行反击："我，魏璎珞，天生脾气暴，不好惹，谁要是再叽叽歪歪，我有的是法子对付她。"① 这种反击恰恰与中国传统女性崇尚的忍让行为相反，女性面对欺压时，忍耐成为常态，甚至被美化。魏璎珞替这些忍耐的女性"泼出一盆解气的水"，女性读者阅读这一段时获得一种爽感。《后宫·甄嬛传》中的甄嬛也会对"敌人"进行反击，但是甄嬛的反击是建立在她对爱情失望之上的。甄嬛因为对皇上有依恋，她一直渴求皇上的眷顾，所以她的任何行为都以吸引皇上目光为目的，皇上作为一个手握重权的男性，本身不会把太多的精力放在女性身上，甄嬛一旦把自己锁定在与皇上的爱情关系之中，就注定了自己地位的卑微与不平等。与《延禧攻略》

---

① 周末.延禧攻略[M].北京：九州出版社，2018：30.

故事年代背景相似的《后宫·如懿传》中的如懿深陷爱情关系之中，她一直在纠结与争夺爱情，这种把爱情关系置于万事之首的叙事模式受到了年轻女性的质疑。所以当《延禧攻略》与《如懿传》两部连续剧同档期播出之后，年轻的女性读者自然会被"去感情化"的魏璎珞吸引。

魏璎珞这个女性形象不但去感情化，她还去掉女性天生的敏感情绪。虽然是古代的女性角色，但是她的反应速度却与现代受过高等教育的女性一般。她不但可以及时反击"敌人"，还能积极大胆向上级领导争取属于自己的权益。

璎珞："璎珞斗胆，还有一个要求。"
弘历："魏璎珞，你不要得寸进尺！"
璎珞不说话，反是太后看她忐忑小心，失笑道："无妨，让她说说看。"
璎珞转身向纯贵妃行礼："贵妃娘娘，奴才与明玉同住长春宫伺候，感情深厚，难以分开，请贵妃娘娘开恩，准许明玉来陪伴奴才！"
弘历生怕魏璎珞得寸进尺，赶紧开口："不过是个宫女，她想要就给她！"
纯贵妃虽不愿，但弘历金口一开，也只能皱眉："是。"
璎珞笑盈盈地道："奴才……不，嫔妃谢皇上恩典。"①

魏璎珞的反击与争取恰巧是职场女性最想做的事。随着现代女性经济不断获得独立，女性对男性的物质依赖逐渐减少，受过高等教育的女性希望获得男性甚至是社会的尊重，而不是以一种"弱势"的姿态存在于男性身边。女性渴望获得魏璎珞式的成功，《延禧攻略》获得众多关注的原因也是因为魏璎珞这个去感情化的女性角色反映了现代女性的内心愿望。值得注意的是，魏璎珞斗争的对象是后宫中的嫔妃，并不是父权统治。魏璎珞深知自己所处的时代和环境不允许男女平等，尽管她不追逐爱情，她所做的一切依然是为了讨好男性领导阶层，并获得自己的生存权。宫斗的结果要么如甄嬛一样抛弃爱情登上权力的顶峰，要么选择退出宫斗：死亡或者逃离后宫。魏璎珞获得了宫斗的胜利：从一个毫无背景的奴才，升级为富察皇后最欣赏的宫女，又得到太后怜爱被封为贵人，最后成为乾隆皇上宠爱多年的令贵妃，她的儿子还成为下一任皇上，魏璎珞死后被追封为皇后。魏璎珞获得了世俗意义上的圆满，这种圆满其实是建立在"讨好皇上"的基础上的，换句话说，魏璎珞只是一个去感情化的"伪"独立

---

① 周末.延禧攻略[M].北京：九州出版社，2018：173.

女性，她的欲望依然局限于传统两性关系之内，但是她的行事方式却给予了现代都市女性一种启发。

《太子妃升职记》讲述了一名叫张芃芃的男人穿越到古代一位太子妃的身体里，被迫参与皇位之争与后宫争宠。穿越后的张芃芃心理上是一名男性，身体上却是一名女性。张芃芃一直很困惑他究竟要做女性还是男性，整本小说的爽点就是建立在张芃芃对自身性别无法确定的困惑之上的。拥有女性身体的张芃芃依然是一个秉性花心的男人，从他的视角来看，女人就是男性消费的对象，或者是取悦男人的工具。比如他经常会被后宫嫔妃的美貌吸引，时常忘记"宫斗"这件事。

张芃芃认为女性是可以被"看"的，但是现在他因为身体的原因，也处于"被看"的位置，于他来说这是一件很丢人的事。张芃芃被这种"被看"的心理折磨许久，读者的"爽点"也建立在张芃芃的矛盾心理上。尽管内心抗拒，但是张芃芃也意识到，如果要在宫中谋求到一个安全的位置，只能是服从男性领导。

  他敢调戏我！

  他把老子当女人调戏呢！我气得晕了，身体都隐隐抖了起来。我想，是先揍他脸一拳，还是先给他下面一脚？

  齐晟嘴角却挑得更高，不屑地笑了笑，收回了手，拂袖而走。

  我愣愣地站了片刻，提起已经握紧的拳头看了看，有些后悔。[①]

从女性读者角度来看，张芃芃是一个男性角色来参与后宫争宠行为，这种异化的"去感情化"给了女性读者另一种思考两性关系及职场人际关系的角度。另外，张芃芃在身体上属于太子齐晟，但是在心理上却一直垂涎后宫众多美丽的女性，这种非从一而终的爱情行为本来是应该受到传统伦理的唾弃，不过由于张芃芃心理上是一个男性，反倒给压抑已久的女性找到一种爱情自由的正当理由。

摆脱爱情束缚的张芃芃从穿越成太子妃的第一天，就以男性心理迅速分析自己在后宫的升职环境和未来出路：

  第一，升职前景不好，这太子妃、皇后、太后一步步升上去，简直是难于上青天啊！你见过有几个太子妃能一直熬到太后的？

---

① 鲜橙.太子妃升职记[M].北京：作家出版社，2017：89.

第二，劳动没有保障，且不说三险一金没有，还随时可能辞退你，而且还不允许你再就业！

第三，工作性质危险，随时都有死亡的危险，若是太子称不了帝吧，你得跟着一起倒霉，太子称了帝吧，你还得小心自己一个人倒霉。

第四，还要兼职性工作者。①

相较于之前的宫斗文，《太子妃升职记》直接把后宫与职场挂钩。张芃芃的男性心理使得他非常清楚如果只靠美貌无法长久获得宠爱，自己本身还要具备一些过硬的技术和人际关系。张芃芃把自己与太子之间的爱情关系理解为甲方乙方的交易，果断斩断自己与太子之间的情感联系，这种去感情化的方式令张芃芃不会被捉摸不透的爱情关系蒙蔽双眼，还可以理性地分析周遭环境利弊。因为张芃芃是男性，所以他对男性心理把握十分恰当，他得出要在后宫中获得安全的位置，只能利用性别优势——依靠美色来获取男性的帮助。虽然《太子妃升职记》从"伪"男性视角给了女性读者一个解决职场困境及爱情关系的办法，但是不得不指出，张芃芃这种利用性别优势获胜的心理其实就是把女性商品化。"身体被出售着。美丽被出售着。色情被出售着……它把身体当成了劳动力。它必须'被解放、获得自由'以便它能够因为生产性目的而被合理地开发。"②在男性占据话语权的消费社会里，女性身体成为最有效的交易品，如果跟随这条定律，职场上的女性将会获得一条快速晋升通道，反之则可能会遭遇更多的挫折与失败。张芃芃式的成功向女性展示了这条"身体"晋升之路的可能性，同时也展示了女性身体被物化的过程，"活生生的人只能用性特征来表示，丰富的人的内涵在这里被抽掉了，丰富的人的价值被淹没了"③。如果完全视身体为吸引男性的一种消费符号，无视女性独立意识和反抗精神，即使这种女性人物形象在短时间获得了大量关注，也只能是缺席的在场者。

尽管当下的社会一再强调"独立女性""女性主义"这些概念，但是严格来说，这些概念并没有在中国社会得到良好且系统的建构，前几章已经反复强调中国社会缺乏一次真正意义上的女性革命，女性的权益和地位依然没有获得完全意义上的平等。女性是他者，女性是不重要的客体，所以即便互联网的匿名制度令女性获得极大的话语权，我们还是得承认，在这匿名制度之外，存在着一个隐形的父权制度大网，它时刻

---

① 鲜橙.太子妃升职记[M].北京：作家出版社，2017：6.
② 鲍德里亚.消费社会[M].刘成富，全志刚，译.南京：南京大学出版社，2000：93，147.
③ 鲍德里亚.消费社会[M].刘成富，全志刚，译.南京：南京大学出版社，2000：93，124.

约束着女性的言谈举止,"在当代的父权制文化中,大多数女性的意识之中存在着一个全景化的男性权威,她们永远站在男性权威的判断和凝视之下。在女人的有生之年,她的身体一直被另一个人观看,被一个匿名的父权制下的他者观看"[①]。无论是魏璎珞还是张芃芃,尽管她们获得了虚构意义上的成功,但是这种成功路径从根本上呈现出女性取悦男性的性别权力倾向。

---

① 巴基特.福柯、女性气质和父权制力量的现代化[M]//麦克拉肯,艾晓明,柯倩婷.女权主义理论读本.桂林:广西师范大学出版社,2007:300.

第五章　女性网络文学的写作伦理

中国网络文学始于中国消费社会，消费社会在变化发展过程中又不断地改造网络文学。网络文学的创作主体是平凡大众，它又以满足平凡大众的需求为主旨，是当代中国消费社会和社会意识的一种深刻反映，亦是对当代文学的一种有效补充。女性网络文学不但受到消费文化的支配，更是从诞生之初就极难摆脱男权社会的制约。互联网的自由性和匿名性，令女性创作者可以畅所欲言地表达其对男权社会的看法，特别是对两性关系建构的新理解。这些时代烙印构成了当下女性网络文学的共同写作伦理。归纳为两点：其一，从社会学层面来说，中国社会出现了社会阶层分化现象，可以概括成中产阶层、工人阶层、农民阶层。社会阶层分化现象一方面与消费社会的发展有关，另一方面也与改革开放初期的政策有关系，国家鼓励一部分人先富起来，导致中产阶层的范围不断扩大。作为消费能力远远超越其他阶层的中产阶层自然会受到消费市场的欢迎，中产阶层同样也是消费欲望的制造者。网络文学作为消费市场上的情感消费品，它要服务于消费文化，所以它的文本里充斥着大量对中产阶层的描述与宣扬，而女性本身也被女性网络文学物化成一种商品。这种现象并不令人费解。

其二，在消费文化对人性全面支配、异化的背景下，女性网络文学呈现出写作上多重矛盾。一方面，女性对"浪漫之爱"的追求，令女性写作者总是不自觉以获得美满爱情作为女性生命的意义，中国传统男尊女卑的两性伦理导致女性从心理上无法摆脱对男性的依赖感；另一方面，随着女性群体受教育程度、经济收入的增长，她们越来越希望获得与男性共同的话语权，在这种情况下，当下中国女性群体呈现出一种以后女性主义为主的消费伦理。正如社会学家费瑟斯通所说："文化资本具有自己的、独立于收入或金钱之外的价值结构，它相当于转化为社会权力的能力。"[1]这种全新的消费伦理如实反映在女性网络文学层面上，越发呈现出一种"消费逆袭"的写作倾向。女

---

[1] 费瑟斯通.消费文化与后现代主义[M].刘精明,译.南京：译林出版社,2000：130.

性网络作者越来越喜欢把关注点放在女性独立发展及突围困境上。

值得注意的是，尽管女性网络文学获得了大众的认可，女性网络文学既是女性意识的表达又能超越女性意识，它的出现和发展使得中国女性文学获得了更广阔的叙事视野和生命视域。但是我们依然要看到它的局限性——如何平衡女性网络文学的文学性与商业性？如何在遵守消费市场发展规律的情况下，构建一个"有意义"的女性形象？这些问题的解决不单单需要女性写作者的努力，更需要整个社会的努力。

第一节　自我物化与叙事幻想

互联网的自由性和开放性给予了女性更多的发声机会，扩大了女性的话语权，但是互联网也复制甚至强化了社会现实中的性别歧视。网络的普及化导致女性"被看"成为一种常态。这种常态令互联网上的女性形象尽管越来越丰富，但是却呈现一种模式化与刻板化的现状。某些女性创作者为了获得更多的市场关注度，主动将笔下的女性置于"被看"位置，将女性本身演变成男性社会的欲望对象，以求达到讨好消费市场的目的。尽管上文我们一再提到女性独立，但是当下女性似乎依然是男性群体"看"的对象，并成为物化的客体。在这种背景下，女性对自我形象的认知也会发生扭曲。20世纪末，国内出版了美国文学批评家保罗·福赛尔的《格调：社会等级与生活品味》中译本，福赛尔根据消费能力把美国社会划分为九层，分别为：看不见的顶层、上层、中上层、中产阶级、上层贫民、中层贫民、下层贫民、赤贫阶层、看不见的底层等。[①] 每一阶层民众的 Style（格调）完全不同。虽然其研究的对象是美国民众，但是他却道出了消费社会的普遍现象：每个阶层的生活方式都有该阶层的特征，这种阶层特征受到了阶层习惯特别是阶层经济收入的影响。学者丹尼尔·贝尔也提及，现代人满足的源泉和社会理想行为的标准不再是工作劳动本身，而是他们的"生活方式"。[②] 阶层消费方式进一步强化了阶层特征，并导致社会阶层结构发生了改变。中国从最开始的农民阶层为主的社会转变为三足鼎立的局面：中产阶层、工人阶层和农民阶层。中产阶层作为新兴阶层每年还在以较快的速度扩大规模，根据相关学者的研究，中国的中产阶层大概以每年增长一个百分点的速度发展，2007年已经占全国就业人口的22%左右，

---

① 福赛尔.格调：社会等级与生活品味［M］.梁丽真，译.北京：中国社会科学出版社，1998.
② 贝尔.资本主义文化矛盾［M］.赵一凡，蒲隆，任晓晋，译.北京：生活·读书·新知三联书店，1989：34.

主要集中在东部沿海发达地区和大城市，北京、上海的中产阶层已经达到40%以上。①

这里存在一个有趣的现象，虽然从社会和经济学角度来分析，中国消费社会存在着一个工人阶层，但是在网络文学层面，这个阶层的人物形象几乎是模棱两可的，甚至无法用确切的语言来描述他们的大概形象。这种现象可能与消费文化大肆鼓吹"小资生活"有关。人人都渴望成为"中产阶层"，尽可能洗清自己原本阶层的印记。互联网的介入加剧了这种消费水平的差异。互联网一方面促进了现代企业快速发展，拉开其与传统企业的差距，新兴企业主并因此获得高额利润，另一方面，互联网作为一个传播媒介，最大化地改变了社会交往方式，令这种"消费差异"信息被最大化地扩散。中产阶级的兴起与发展与中国消费社会不无关系，作为一个新兴阶层，它与所有新生事物都有着各种交织。20世纪90年代，互联网刚刚进入中国，当时上网费用昂贵，且上网设备不多见，能接触到网络的人都是受过高等教育且有一定经济收入的年轻人。年青一代通过互联网认识世界，交换信息，传统的生活方式遭到抛弃，新兴的生活方式借助互联网迅速传播。资本的目的是赚钱，他们乐于制造消费欲望，消费欲望引导着消费者进行消费。有钱、有知识的中产阶层成为消费市场最偏爱的消费者阶层，市场不但制造欲望、引导中产阶层购买，而且还鼓励中产阶层之下的民众向中产阶层看齐。资本不断通过市场投放鼓励消费的广告，并把消费行为与日常生活甚至生活品质挂钩。正如中产阶级流行杂志所认为的那样，文化并非对严肃艺术品的讨论，它实际上是要宣扬经过组装、供人"消费"的生活方式。②

女性网络作者对于"中产阶层女性"形象的塑造经历了两个阶段。第一个阶段的"中产阶级女性"大多数浮于外在形象的描写，甚至变成一种类型化描写，特别是其外貌和生活习惯，全部都"长着一张好看的脸""衣食无忧，喜欢喝咖啡"等。她们接受过高等教育，迷恋各种奢侈品牌，并把这些消费符号当成一种炫耀。对于自己喜欢的异性（通常也是中产阶层），表现出一种主动追求的姿态。物欲和恋爱自由在她们身上表现得非常明显，成为这些女性身上最显著的标签。这种女性形象与第三代女性网络文学创作者本身所处的社会背景紧密相关。第三代女性网络文学创作者大多是20世纪80年代出生的"城里人"，她们成长于消费社会之下，计划生育政策又令绝大部分"80后"成为独生子女，父母过度的关注令她们形成"以自我为中心"的心理观念。同时，她们虽然崇尚恋爱自由，对待爱情没有母亲那辈人那么拘谨，但也不至于崇尚"性自由"。造成这种原因有二：其一，"80后"成长过程接受的是中国传统伦理道德教育，

---

① 陆学艺. 中国社会阶级阶层结构变迁60年［J］. 北京工业大学学报（社会科学版），2010，10（3）：1-12.
② 贝尔. 资本主义文化矛盾［M］. 赵一凡，蒲隆，任晓晋，译. 北京：生活·读书·新知三联书店，1989：90.

父母们对于性教育大多数是持"性如洪水""性猛如虎"的态度,父母们羞于甚至认为不应该与"80后"探讨性,导致"80后"对于"性"充满好奇;其二,避孕方式越发科学与便捷,社会对于婚前亲密行为的看法也逐渐开放,越来越多的线上交友方式加速了这种开放。两种矛盾相交,导致"80后"女性作者在描写"性"方面总是显得过于大胆又忐忑不安,无法以一种平常心去谈"性",甚至刻意把"性"作为一种噱头去营销,反而让"性"失去本身的含义,成为讨好男权社会的一种物品。第四代女性网络作者大多是"90后",她们成长于互联网时代下,她们笔下的"中产阶层女性"渐渐摆脱单纯对物欲的追求,而是更多地深入对她们的职业、生活困境及内心的描写。比如,丁墨的《他来了,请闭眼》塑造了一个拥有高智商的女性简瑶,她与犯罪心理学家薄靳言的爱情不再是男尊女卑,更不似"霸道总裁爱上我"那般毫无理由。两人在侦破案件中互帮互助,联手侦破多个棘手案件,在合作过程中互生情愫。这些女性角色享受着恋爱自由,享受着恋爱自由中的亲密行为,这些行为都是因为彼此相爱,你情我愿,顺理成章,没有任何强迫的意味。亲密行为是一种十分正常的爱情表达。这种现象与20世纪90年代以来的"性教育"推广、父母略微开放的"性观念"有着很大关系。

不管如何,充满欲望的都市女郎成为消费社会最喜好的女性形象,消费市场希望塑造一个完美女性形象,她拥有完美的脸蛋、时尚的品位以及毫无赘肉的体形。事实上并不存在这样完美的女性,但是消费者特别是底层女性却乐于见到这样的形象用以满足自己的幻想,以实现"生活在别处"的希望。正如学者贝尔所说,自相矛盾的是,象征着自我解放的生活方式不再是以"奋勇开拓"的经理阶级为楷模,而效仿那些蔑视习俗、孤傲不群的艺术家……艺术家目前越来越拥有主宰公众意向的能力,很容易用自己的判断去指教别人该有或买什么。① 作为创作主体本应发挥主观能动性,认清这些都市女郎角色并不能代表全部的女性,但是在资本的作用下,创作者不得不选择与消费市场合谋,共同促成了都市女郎角色的大放异彩。从城市社会学的角度来分析,都市是一种商业结构,也是一个遵循经济发展规律的市场。一方面,都市属于经济发达地区,物质条件丰裕,各种高科技产品和现代化场景令日常生活变得便捷且舒适;另一方面,市场经济的发展令分工变得细致,女性获得更多的就业和受教育机会,甚至女性在某些事情上还能拥有与男性相等的话语权,女性在城市这个空间获得比农村更大的自由。有学者总结,进入20世纪90年代以来,众多女作家的写作是以城市为

---

① 贝尔.资本主义文化矛盾[M].赵一凡,蒲隆,任晓晋,译.北京:生活·读书·新知三联书店,1989:34-35.

独有视角的写作,是人在城市这个特定场景中对现实世界的感悟和思考,在她们的作品中,城市是背景,是实指,是题材,是内容,是形式,亦是象征。①

令人沮丧的是,女性网络文学花了太多笔墨塑造一个接一个"都市女郎"形象,给底层女性的篇幅过于狭隘,甚至自动屏蔽底层女性形象。资本鼓励都市题材的作品产出,特别是那些字里行间无不炫耀着都市女性优越感的文字。通过这些文字,过度宣扬都市生活,达到助长消费者消费欲望的目的。"炫耀性消费是当下中产阶层最普遍、最流行的生活方式……因为只有通过炫耀性消费,中产阶层才可能找到自我身份的认同感和优越性,才能缓解因依附权力和资本而生成的压抑和焦虑。"② 这种炫耀伴随着媒介融合不断加剧,并影响着年青一代的社交行为与消费观念。长此以往,那些底层女性的话语权将变得更加微弱。

我们应该看到,社会经济体制转型引发的社会矛盾应该是多元化的,不单单只出现在城市范围之内。底层女性的成长过程不但包含性别问题带来的不公正待遇,还有贫困及愚昧带来的伤害,同时,她们也会对生活抱有希望,希望中也会开放出喜悦。但是她们的心声与处境却极少吸引创作者的目光,而她们这些群体的话语权本来就薄弱,根本无法替自己发声与辩解。相关数据显示,我国网民规模为10.67亿,占人口总规模的75.6%。③ 也就是说,依然有超过3亿人没有接触互联网。不管是客观原因,比如当地没有网络信号、没有上网设备,还是主观原因,比如不识字、没有钱购买上网设备,这几亿人都丧失了网上发声的权利。学者谢有顺曾说:"写作既是对生活的还原,也是对生命的落实,那些语言的针脚、细节的雕刻,不过是在为生命创造一个舒展的空间,从而辨识它已有的踪迹,确证它的存在处境。"④ 如果不加以干涉,底层女性逐渐会成为没有平台讲述故事的"沉默一代",她们的诉求将无处可说。无论是对于这个群体,还是对于历史本身来说,都失之偏颇。从文学发展史来说,也是极其不利的。

除了对底层女性群体的自动消弭,女性网络文学还会对从事体力的女性群体呈现出一种"歧视"的态度。进入21世纪以来,社会体制转型成功,也造成了贫富差距的社会局面。城市是最能体现贫富差距的地方,中产阶层和城市底层群众形成强烈的反差。有学者分析得出,中国社会阶层结构的变化强化了社会转型的趋势,一方面体现出强烈的工人化趋势,另一方面也显示出明确的中产化趋势。可以说,中国处于有史

---

① 谭湘,丹娅,戴锦华,等.城市与女人:中国当代女性文学四人谈[J].当代人,1998(2):50.
② 向荣.消费社会与当代小说的文化变奏:1990后的中国小说批评[M].成都:四川人民出版社,2014:127.
③ 中国互联网络信息中心.第51次中国互联网络发展状况统计报告[EB/OL].(2022-12-31)[2023-03-23].https://www.cnnic.net.cn/n4/2023/0303/c88-10757.html.
④ 谢有顺.成为小说家[M].太原:北岳文艺出版社,2018:42.

以来工人阶层占比最高的时期，也是中产阶层增速最快的时期。[①]随着城镇化进程加快，城市底层民众的数量大幅度增多。与中产阶层不同的是，城市底层民众的消费水平虽然整体不高，但是他们是城市发展的基石。举一个最简单的例子，都市女郎和"霸道总裁"出入的咖啡馆、酒吧、五星酒店等高端场所里的服务生大部分是来自城市的底层民众。20世纪末的传统女性文学作者对城市底层民众的理解更富有同理性，特别是80年代末兴起的新写实小说，它抛弃了以往小说对先锋性的探讨，以还原生活为主要目的，不追逐生活的深层意义，只反映民众的日常生活和生活困境。这个时候涌现了一大批女性作者，比如池莉、王安忆等。时至今日，我们依然可以看到这些女性作者活跃在文坛上为底层女性发声，她们的作品依然饱含时代性与厚重感。

较之传统文学对底层女性的喜爱，女性网络文学对城市底层女性的关注则带着明显的歧视色彩。首先是道德歧视。女性网络作者写作时不自觉带着过于强烈的"精英阶层"观念，在描述底层女性时，极其容易站在道德制高点去批判她们，并没有深刻地体会到底层女性本身的生命活力，更加不会深入她们真实生活去感受属于她们的悲欢疾苦。所以不难理解为什么底层女性形象总是与"妓女""悍妇"等名词挂钩。其次是阶层歧视。如果说传统文学女性作者还能把目光聚集在底层女性身上，而出生于20世纪80年代以后的女性网络作者鲜有再把目光投向底层女性，她们关注的目光聚焦在光鲜亮丽的"小资阶层"。其原因除了与时代背景有关，消费文化中的"炫耀性消费"也起到影响作用。最后是"读者身份"歧视。由于资本的介入，女性网络文学趋向于成为一种日常的情感消费品，所以它会和所有消费商品一样，以消费者的消费水平对读者群体进行划分，它的预期读者是熟练操作手机且有一定经济支付能力的女性，底层女性显然不属于这个范畴，此外，随着网络文学类型化的加剧，女性网络文学的预期读者是以"浪漫之爱"为目的的女性群体，它不想涉足"描述社会阴暗面，提出社会改革的意义等"的男性写作区域，所以它本身是无法替底层女性发声的。底层女性同样是城市的创造者，作为大众文学之一的女性网络文学，其目的应是让社会发现更多的女性所处的不公平环境，令社会善待这些女性群体，而不是反其道而行之；底层女性通过阅读这些文字，受到感染，相信现实是可以改变的，而不是一味地忍受这个贫富差距的都市社会，这才能达到文学创作的真正目的。目前来看，女性网络文学放弃了这个社会责任。

消费市场上更新迭代的速度令人目不暇接，利润驱动生产，大量生产带来供大于

---

① 张翼.当前中国社会各阶层的消费倾向：从生存性消费到发展性消费［J］.社会学研究，2016，31（4）：74-97，243-244.

求的状态,所以市场上不可能存在一种长期吸引消费者注意力的商品。文学作为一种意识形态,也不可能脱离社会现实单纯存在。从社会消费等级角度来探讨女性文学发展与变化,可以更加清晰地透视出文学这种想象力意识与当下的社会政治经济结构之间的关联。以上分析的三种文学现象是女性网络文学发展不平衡的表象,从中可以提取三点启发:其一,中国社会经济发展存在地区不平衡、城乡不平衡等现象,社会转型期拉大了贫富差距,文学作为社会变革的记录,在进行文字记录过程中也会出现这种不平衡的现象,这是由社会现实导致的;其二,中国社会传统两性关系长期不对称,导致当代女性无法用本身力量来应对消费文化的入侵,反倒成为消费文化的附庸,这也是后女性主义在国内流行的根本原因;其三,女性创作者主动放弃对社会变革中话语权的争夺,越发向女性化写作靠拢,沉迷于日常琐事和爱情故事,虚构一个仅供女性幻想的"乌托邦"。这样的状态,正好印证了劳拉·穆尔维的说法,女人在父系文化中是作为另一个男性的能指,两者由象征式秩序结合在一起,而男人在这一秩序中可以通过那强加于沉默的女人形象的语言命令来保持他的幻想和着魔,而女人却依然被束缚在作为意义的承担者而不是制造者的地位。① 虽然我们承认文学是一种虚构,但是为什么在消费社会时代下大规模出现这种"虚构"? 或许从消费阶层角度来探讨和分析这种"虚构"是一种新的见解。

第二节　消费社会的符号化写作

消费社会于女性群体而言,似乎意味着一个新的解放时代。一方面,它的开放性和流通性赋予了女性群体极大的自由度,女性群体获得了工作的权利与消费的自由,甚至一部分受过高等教育的女性还拥有了与男性同等的话语权;另一方面,消费文化通过对女性消费行为的引导,从而达到对女性进行改造的目的。这种改造不仅仅是消费社会的需要,更是建立在不对等的两性关系之上的,并形成了一种特定的女性消费文化。这种改造最明显体现在对女性的性别设定上。性别分为生理性别(Sex)与社会性别(Gender)。生理性别主要是身体器官上的性别特征,它由人类基因决定。而社会性别则是"社会强加的两性区分,是性的社会关系的产物"②。消费社会通过大众传媒强

---

① 穆尔维.视觉快感和叙事性电影[M]//张红军.电影与新方法.周传基,译.北京:中国广播电视出版社,1988:225.
② 卢宾.女人交易:性的"政治经济学"初探[M]//王政,杜芳琴.王政,译.北京:生活·读书·新知三联书店,1998:21.

加给女性群体各种女性特征，无处不在的广告与各种社会平台大肆宣扬着物质享受与情欲暗示就是最好的证据。消费文化不断教导女性群体，做事认真不如长得好看，讨好男性则会获得更多社会资源。所以，不难理解为什么霸道总裁文会流行于女性群体里。大量霸道总裁文都在向女性读者传递一个信息，吸引霸道总裁的女人都不是靠聪明智慧，而是依靠她的美貌和单纯的性格。学者鲍德里亚在其著作《消费社会》里指出，这样被"重新占有"了的身体从一开始就唯"资本主义的"目的马首是瞻，换句话说，人们管理自己的身体，把它当作一种遗产来照料、当作社会地位能指之一来操纵。① 消费文化鼓励女性通过"售卖"自己的身体，获得相应的报酬，这种报酬可以是金钱也可以是社会地位。这类女性思维与消费文化对女性形象的塑造要求相契合，甚至可以说，消费文化"生产"出了当下女性的消费习惯与特征。

学者凡勃伦在其著作《有闲阶级论：关于制度的经济研究》中曾提出了"代理消费"的概念，凡勃伦认为在原始掠夺时代，男性通过不用直接参加劳作来显示自己的"有闲阶级"的身份，在消费社会则通过"明显消费"烩耀自己"有闲阶级"的地位和特权。男性通过身边的女性消费实现自己"炫耀"财富的目的。最常见的一种"代理消费"行为就是女性在婚后成为全职太太，或者是依靠男性给予的金钱生活的女性。全职太太代替丈夫进行家庭采购、家庭内部装修、子女教育等实质性的消费，全职太太通过这些实质性的消费来显示家中男性的社会地位和经济实力，而后一种情况则常见于被有钱人包养的女性炫富行为。另一种"代理消费"则是女性通过自己主动消费从而获得男性社会的认可。凡勃伦指出，无论是女性掌管的家庭消费，还是自我消费都是女性侍奉男性的标志。因为她始终是男人的不动产，她所代理的有闲消费是无自由奴役的标志。②

我们可以从很多女性网络作者的笔下看到这种"代理消费"的行为，特别是在霸道总裁文中，霸道总裁最常用的示爱行为就是强制性给予女性一大笔财富，女性则因为这笔不菲的赠予将自己与身边其他的普通女性区别开来。这种赠予看似毫无理由，它除了代表男性对女性的喜爱，更多的原因是显示男性的丰厚财富。叶非夜的网络小说《亿万逐爱》在云起书院首发，点击率过亿，这本典型的霸道总裁文讲述了一个叫景好好的女人周旋在两个男人之间的故事，文中充斥着大量对物欲的描述："良辰在江山市最奢华的四季酒店总统套房中醒来的时候，已是半夜。没有拉窗帘，良辰轻轻侧

---

① 鲍德里亚.消费社会［M］.刘成富，全志刚，译.南京：南京大学出版社，2000：93，142.
② 凡勃伦.有闲阶级论：关于制度的经济研究［M］.李华夏，译.北京：中央编译出版社，2012：67.

头,就可以看见窗外的万家灯火,是北京特有的辉煌无比。"①而"霸道总裁"对女性的宠爱方式则纯粹是物质赠予:"他当时还对景好好说,给她请一个专属司机,请几个保姆,专门照顾她,她什么也不需要做,只需要住在他们温馨的家里享受人生。"②

这种设想符合"男主外、女主内"的传统两性观念,也符合凡勃伦的"代理消费"。女性只需要扮演一个温顺的贤内助角色,在家中她可以享受男性提供的物质条件和优越的生活环境,而在公众场所,她可以穿上昂贵的衣服、戴上奢侈的首饰向众人展现她的美丽。这种消费文化看似把女性放在一个"有闲"的位置,其实是隐藏了女性在两性关系中的弱势地位。

前述的另一种"代理消费"看似是女性主动选择消费方式,但是这种女性自主选择消费行为依然是被男权思想牢牢控制的。以男性审美为主的消费文化时刻改造着女性的消费习惯。女性自主选择的消费行为主要分为以下三种。第一种女性自主选择的消费行为是自我物化,或者称之为美丽消费。美丽之于女性,变成了宗教式的绝对命令。美貌并不是自然效果,也不是道德品质的附加部分,而是像保养灵魂一样保养面部和线条的女人基本的、命令性的身份。美丽之所以成为一个如此绝对的命令,只是因为它是资本的一种形式。③在男性的暗示下,消费文化尽最大可能引导女性进行美丽消费,诱导女性尽情地展现女性形象之美,护肤品和服装类消费日益增加就是很好的佐证。在消费文化主导的世界中,女性作为形象,男性作为看的承担者,看的快感分裂为主动的/男性、被动的/女性。起决定作用的是男人的目光,它塑造女性的形体,她们的外貌被编码成强烈的视觉感染力,从而能够把她们说成是具有被看性的内涵。④美丽消费文化导致女性沉迷于变美之中,所以不难理解为什么一款名为美图秀秀的手机App会成为中国年轻女性使用率最高的一款软件。美图秀秀最吸引人的地方就是它可以轻易"改造"普通女性的身体与样貌,而且改造过程非常迅速,且不需要花费额外的金钱。女性群体通过"自拍美化"功能获得美丽的图片,再分享到各种社交媒体,收获认同与赞美。这种认同感不是女性的评判标准,而是来自男性社会对女性整体的要求和意愿,大众文化强化了这种要求和意愿。当下的手机制造商为了吸引更多的女性用户,都加大了对手机拍照功能的研发,使得"自拍美化"功能成为手机设备中必不可少的一项,女性在购买手机时也会根据手机的"自拍美好"功能程度来选择购买。

---

① 叶非夜.亿万逐爱[M].北京:中国文联出版社,2016:1.
② 叶非夜.亿万逐爱[M].北京:中国文联出版社,2016:2.
③ 鲍德里亚.消费社会[M].刘成富,全志刚,译.南京:南京大学出版社,2000:93,144.
④ 穆维尔.视觉快感与叙事性电影[M]//杨远婴.电影理论读本.北京:北京联合出版公司,2017:522-531.

第二种女性自主消费指女性对于自己外在美丽的追求，而身体消费则是与性相关的。鲍德里亚在其著作《消费社会》里认为"身体"是消费市场上"最美的消费品"和一种符号，身体是"一座有待开发的矿藏，需要被'温柔地'开发，以使它在时尚市场上表现出幸福、健康、美丽的可见符号"①。在消费市场上，女性身体成为交换资本，广告里充斥着各种与性有关的隐喻，甚至还把女性解放同性解放混为一谈。20世纪90年代兴起的"身体写作""美女作家"等标签，其实是用女性的情感与身体作为炒作噱头来吸引公众关注，这种炒作噱头与中国传统两性伦理中的女性形象不符合，也无法被大部分女性接受。强调男尊女卑的霸道总裁文描述着普通女性通过性行为"交换"到霸道总裁的宠爱。比如，《亿万逐爱》里是这样形容女主角景好好的容貌：

女子长得很漂亮，唇红齿白，下巴小巧精致，长长的睫毛宛如两把扇子，安静地垂在眼窝上，让她看起来乖巧而动人。即便看不到她的眼睛，良辰依旧可以感觉到从这个女人身上散发出来的一种独特的干净气质。这种干净，是他在商界厮杀打滚许多年来，许久都没有接触过的纯粹。②

景好好的美丽除了毫无瑕疵的脸蛋，还有她的"乖巧""干净"。"乖巧"意味着听话，"干净"意味着心思单纯，这两种性格都是为了更好地服从男性。

第三种女性自主选择的消费行为是炫富消费，或者称为攀比消费。这种女性消费思维和消费方式受到消费文化夸张的影响。城市给女性提供了更多的自由空间，妇女们在城市里谈钱论价，挑战社会正统观念，她们其实都努力让自己在现代生活的猛烈旋涡中游弋自如，将自己变成不仅仅是现代化的客体，也是其主体，不管这个过程有多么矛盾、多么痛苦、多么崎岖不平。③女性创作者在创作过程中描述着都市女性消费自由、恋爱自由等生活方式，一方面体现着女性经济与精神独立能力的加强，另一方面也体现着女性日益增长的欲望，以及欲望之下被消费文化控制着的女性消费行为方式。大众文化不断地塑造着小资女性的形象，她们身着高档时尚的衣物，进出地点都是咖啡馆、西餐厅、五星级酒店与繁华地段的商场。这些日常消费物品和地点已经失去了本身的意义而转变成了一种消费符号，它们又反作用于女性群体，"制造"出女性消费欲望。

---

① 鲍德里亚.消费社会［M］.刘成富，全志刚，译.南京：南京大学出版社，2000：93，142.
② 叶非夜.亿万逐爱［M］.北京：中国文联出版社，2016：2.
③ 娜娃.现代性所拒不承认的：女性、城市和百货公司［M］//罗钢，王中忱.消费文化读本.严蓓雯，译.北京：中国社会科学出版社，2003：181.

如何去突破女性的"代理消费"？如何使得女性可以实现真正意义上独立自主的消费？针对上述女性的"代理消费"进行分析，女性群体想要绕开"代理消费"获得真正的消费自由，最基本的一点就是获取经济独立。凡勃伦曾尖锐地指出：家庭中的妇女越是奢华浪费，其不生产性越是显著，越是能体现其夫荣妻贵。[①]首先，女性群体需要从脑海里拿掉这种"炫富"观念，依靠自己能力获取经济收入。其次，需要把女性群体从烦琐的家庭事务中解脱出来，包括生育与抚育等职责。改变"女主内"的格局，才能改变女性的"代理消费"。最后，社会舆论必须改变刻板的女性形象，把关注度放在女性的精神富裕和独立上，而不是女性的容貌与身材之上。

值得欣慰的是，不断发展的女性网络文学已经出现了明显的反抗信号。网络职场小说《杜拉拉升职记》讲述了职场新人杜拉拉通过自我奋斗最终获得职场高位的故事。正如作者李可在同名实体书的序中提到："搞定上司，搞定下属，搞定同级，搞定内外部客户是职场的主要任务。"[②]长相平凡的杜拉拉不想利用性别优势获得职场上的捷径，她不得不选择隐藏自己的女性特征，尽可能使得自己能力与男性持平。为了凸显杜拉拉奋斗过程的艰难，作者在小说里设计了几位充满女人魅力的女性角色，这些貌美的女性角色极其容易获得男性上司的喜爱，而杜拉拉的"平凡"相貌则令她在最开始竞争时毫无优势可言。杜拉拉凭借自己过硬的工作能力，最终成为一名城市中产阶级，她的成功过程克服了社会性别身份。小说里，杜拉拉与王伟的感情从一开始的男尊女卑变成了强强联手。杜拉拉的成功是对"代理消费"最好的反抗。但是，尽管作者在写作过程中努力探寻都市女性如何获得独立自主的人格，综观全文，作者笔下"杜拉拉"这个角色最终获胜的原因还是依靠男性及其对职场规则的熟知，特别是她会对男性社会的种种规矩妥协。小说末尾杜拉拉实现了从月薪4,000元到年薪37万元的跨越，她从普通白领一跃成为都市中产阶级，扪心自问，这一阶层是否就拥有与同级别的男性同等的话语权？答案显然是不确定的，位于中产阶级的杜拉拉们依然需要在男性社会里继续努力才能保证她们不至于跌落出中产阶级，而杜拉拉们还得遭遇结婚生子等家庭生活，待她们完成生育任务再返回职场时，是否还能回到自己原有的位置、拥有原有的资源？这个答案其实也是未知的。

这里似乎存在一种悖论，女性创作者试图创作女性角色去挑战"代理消费"，最终又回到了"代理消费"的范畴之中。学者孙晓忠在解读《嘉莉妹妹》时曾提出一个观点："为什么当代文学叙事中总会出现一个独立的女性主角……在女性形象中，生产与

[①] 凡勃伦.有闲阶级论：关于制度的经济研究[M].李华夏,译.北京：中央编译出版社,2012：132.
[②] 李可.杜拉拉升职记[M].西安：陕西师范大学出版社,2008：2.

欲望常常又能完美地结合在一起，既是欲望的对象，又是欲望的主体；既是客体化的牺牲品，又是一个冷酷的杀手；既是消费者，又是生产者。因此'单身女人'的出现，正是维持晚期资本主义生产的必要链条。"①我们可以根据孙晓忠这个观点，大胆地引申出另一个观点：在消费社会里，单身女性既是劳动力，同时又是消费者，商家需要单身独立女性去解锁都市生活中的种种消费行为，从而维系着消费市场的运作。"对一个仅仅靠面包与少量牛奶过活的女人来说，邀约外出共进晚餐或赠以廉价首饰已不只是小小的诱惑。"②女性创作者通过描述笔下的独立女性在大都市的种种消费行为，从而更好地诱导女性群体去模仿消费。消费社会以"欲望"作为生产动力，女性的消费需求并非建立在需求和自我享受之上，而是建立在社会性别赋予其本身的意义之上。女性创作者只能是在现实女性压力与消费欲望之间不断寻求平衡，而这种寻求也造成女性网络文学多元化的现状，同时也是一种希望，引导中国年轻女性走向独立自主的道路。

第三节 女性网络文学的意义与局限

邵燕君教授曾经指出，网络文学概念的中心不在"文学"而在"网络"，不是"文学"不重要，而是网络时代的"文学性"需要从"网络性"中重新生长出来。③网络文学是互联网与文学相结合的产物，它的诞生与发展都离不开消费社会背景，当下的消费市场已经与互联网科技发展紧密相连。消费文化以强有力的姿态占据着网络文学的话语权，网络文学每一次质变都与消费社会的发展不无关系。作为网络文学重要的一部分，女性网络文学因为受众的性别因素成为社会文化的一个热点。纵观中国女性网络文学的成长过程，其实也是中国女性独立意识发展的过程，换句话说，中国女性真正的性别解放其实是与消费社会的兴起挂钩的。

消费社会里，温饱问题不再是人类日常生活最关心的问题，人类最基本的生存需求得到解决，精神需求成为当下人类最渴望获得的东西。怎么填补生活意义的真空，成了一大问题，当代社会中的两股力量在力争填补这个空白，一股力量就是商人，商人们一方面推动消费，另一方面营造以消费为核心的人生观，但这光靠商人是不行的，

---

① 孙晓忠.单身女性：晚期资本主义文化与生产——《嘉莉妹妹》再解读[J].社会科学，2011，372（8）：173-182.
② 哈维.巴黎城记[M].黄煜文，译.桂林：广西师范大学出版社，2010：202-203.
③ 邵燕君.网络文学的"网络性"与"经典性"[J].北京大学学报（哲学社会科学版），2015，52（1）：143-152.

商人充其量只能创造出新的促销手段，为其奠定基础的是另一股力量——提出了快乐哲学的理论家们。①进入消费社会后，人类追求快乐的方式令人目不暇接，但是纵观各种追求快乐的方式总是与欲望不无关系。凡勃伦在《有闲阶级论》中认为有闲阶级与劳动阶级最开始的区别来源于"男女分工"，"健壮的男子对女子的所有权是所有权的最初形态，说得通俗些，也就是女子被男子所占有"②。这种占有导致了以男性为主的婚姻形式的诞生，并导致所有制的开始，"当所有权概念逐渐扩大的时候，就不再只限于占有妇女，对妇女的劳动果实也充分占有"③。相较于西方女性解放运动，中国社会的妇女独立意识非常温和，女性特征也一直处于隐蔽状况。改革开放令中国妇女重新找回女性特征，但是随着消费社会的汹涌袭来，中国妇女的解放之路与性解放毫无理由地重叠在一起，以至于很多人会把女性独立与性解放二者挂钩。这样的理解过于武断，究其根源，其实还是女性群体始终位于弱势地位的体现。在这以男性为唯一规范的社会、话语结构中，新女性再次面临无言与失语。除却一个通常会作为前缀或放入括号的生理性别之外，她们无从去指认自己所出演的社会角色，无从表达自己在新生活中特定的体验、经验与困惑。④

就目前看来，女性的话语权缺失一直是难以解决的问题。中国主流文学长期以男性意识为主导，女性群体无法从传统文学中获得平等的话语权。20世纪90年代末的女性身体写作与"美女作者"引发了文坛的关注，但是更多的是吸引了读者的猎奇目光，女性追求独立意识的写作反倒成为消费文化里的一种"共谋"，女性成为一种"被看"。90年代末，互联网的兴起，女性创作者很快就把目光投向了这块自由之地，进行非常有力的开发与耕耘。至今，女性网络文学已经走过了二十余年的历史。从这些快速发展的女性网络文学网站，我们窥见女性网络文学发展脉络：红袖添香、起点女生网、晋江文学城、潇湘书院、17K女生网、纵横女生网、言情小说吧、云起书院、趣阅小说网、甜悦读等。此外各大综合性网络文学网站也有专门的"女性频道"：掌阅、网易云阅读、阿里文学、红薯网、创世中文网、飞卢小说网等。爱情关系一直是女性网络文学的基本主题，女性创作者与女性读者二者共同解构着中国传统两性关系，她们在文字创作过程中讲述着自己对爱情关系的依赖、不满及抗争，建构着她们理想中的伴侣形象与两性关系。随着女性网络文学的发展，女性群体将女性命运中一切可能发生的事情都注入文字，不限于爱情、婚姻、生子、抚育、家庭及事业。女性探讨着这些

---

① 郑也夫.后物欲时代的来临[M].北京：中信出版社，2018：148.
② 凡勃伦.有闲阶级论：关于制度的经济研究[M].李华夏，译.北京：中央编译出版社，2012：84.
③ 凡勃伦.有闲阶级论：关于制度的经济研究[M].李华夏，译.北京：中央编译出版社，2012：84.
④ 戴锦华.涉渡之舟：新时期中国女性写作与女性文化[M].西安：陕西人民教育出版社，2002：15.

问题的根源与解决办法，探讨的方式或许粗糙、简单、幼稚甚至粗浅，但是总体而言，生机勃勃。在这个互动的创作过程中，女性作者与女性读者形成一种类似社群的组织，这个组织从建立之初就避开了男性特别是精英阶层男性的审判，仅仅通过互联网这个虚拟空间进行创作，虽然这一切文字都是建立在女性的想象力之上的，但是却极大地扩大了女性群体的话语权，对以男性意识为主导的文学界也起到震撼作用。可以这样说，女性网络文学令女性群体找到了写作信心与抒发空间，不但迎来了文学史上的"她"时代，而且使得女性作者第一次获得了与男性作者分庭抗礼的地位，推动了中国当代女性文学多元化的发展。

女性网络文学的写作题材从最开始的现代言情、古代言情两大类，慢慢演变成都市言情、古代言情、穿越文、耽美文及女尊文五大类，而穿越文里又划分出了宫斗文与种田文两大类。目前，各种类型文还在进行更加细致的划分，女性网络文学的题材越来越呈现多元化格局。相关数据显示，女性网络文学都市爱情写作题材从原先大一统的"纯爱"主题渐渐向女性生活、职场与家庭生活分散，生育与抚育题材逐年上升。[①]值得关注的是，以男性玩家为主的电竞游戏题材逐渐成为女性网络文学中一个重要的写作题材，比如墨宝非宝的《蜜汁炖鲍鱼》[②]、耳东兔子的《我曾在时光里听过你》[③]、唧唧的猫的《他和她的猫》[④]，叶非夜的《时光和你都很美》[⑤]，等等。古代题材则继续以宫斗文为代表，展现"大女主"的独立及其奋斗过程，新的宫斗文越来越正视历史的现实性，抛弃了之前胡编乱造的叙事过程。此外，以往那些科幻、历史军事、侦探悬疑等男性喜好的写作题材也出现在女性网络文学写作素材中。这种变化一方面反映了女性网络文学的受众群不断扩大，需要扩大写作题材满足不同的读者欲求；另一方面也是商业资本大量介入网络文学，女性网络文学不断商业化的自我要求。

此外，VIP 收费制度的确定，使得网络文学成为一种可以销售的商品，网络文学创作者的收入也获得了保证。这种文化商品的制造过程又因为移动网络与新媒介的发展与普及，使得创作者可以选择"随时随地"生产小说。之后，商业资本的介入及 IP 衍生化的发展，一部作品的利润被无限放大。对于女性来说，她们可以在求学的过程中或者是照顾家庭和孩子的情况下进行文学创作，并因此获得相应的经济报酬，"事业和

---

① 中国作家网.2019 年中国网络文学作家影响力榜发布，IP 粉丝文化时代特征凸显.（2020-12-31）[2023-03-23]. http://www.chinawriter.com.cn/n1/2020/0108/c404023-31538905.html.
② 墨宝非宝.蜜汁炖鲍鱼[M].南京：江苏凤凰文艺出版社，2019.
③ 耳东兔子.我曾在时光里听过你[M].青岛：青岛出版社，2017.
④ 唧唧的猫.他和她的猫[M].南京：江苏凤凰文艺出版社，2018.
⑤ 叶非夜.时光和你都很美[M].南京：江苏凤凰文艺出版社，2019.

家庭"兼顾成为一种可能性，真正实现英国女作家伍尔芙所言的"小说过去是，现在仍然是，妇女最容易写作的东西"①。因为网络文学的写作便利性，所以"一部小说比一出戏或一首诗更容易时作时辍。乔治·艾略特丢下了她的工作，去护理她的父亲。夏洛蒂·勃朗特放下了她的笔，去削马铃薯"②。中国传统两性关系一向是"男主外，女主内"，女性网络文学的发展令大量原本主内的女性拥有了经济收入，经济基础决定上层建筑，女性的经济地位获得提升。从更远的角度来看，经济独立的女性可以在家庭生活乃至社会生活中获得更多的话语权，对于女性群体的整体发展是非常有益的。

但是，女性网络文学不断商业化也带来了一些负面问题。首先，在这场女性集体狂欢的背后，消费文化依然牢牢控制着大众话语权。消费文化代表着现代先进文明与消费市场规则，它一方面改变了人们的生活方式，另一方面又极大地影响着人们的行事方式与思考方法。身处这种时代背景之下，女性作者在创作过程中毫无疑问会受到消费文化的影响，她们的价值观、两性观及世界观都会因此发生变化。尽管以个人叙事为主的女性网络文学尽可能地体现着女性独立意识，但又因为要遵循消费市场发展规律，不自主或者主动选择自我物化，进行性别消费。最明显的例子就是把女性解放同性解放混淆起来，对此，鲍德里亚先见之明地提到，女性通过性解放被"消费"，性解放通过女性被"消费"……消费的一个基本机制就是集团、阶级、种姓（及个体）的形式自主化，这种形式自主化是始于且由于符号或者角色系统的形式自主化的。③作为一种以女性为主的情感消费品，女性网络文学必须遵循消费规律来带动生产链条，这种遵循肯定会带来部分不利的文本制造需求，甚至不少女性网络作者把这种"女性身体写作"当成一种成功的商业模式进行开发，一味只突出对"爽"感与身体快感的追求，以女性私密情感为噱头的叙事描写。这种纯粹的商业化创作方式丧失了文学本身的诗意，也破坏了人类道德伦理规范。

其次，女性网络文学中呈现了太多"慕强"与"拜金"等消费心理。消费社会本来就是一个物欲社会，读者欲望是女性网络文学的生产动力。为了满足读者欲望，女性网络作者没有选择文学创作者该承担的社会责任，而是选择向读者兜售着与金钱、权利、情欲有关的欲望。无论是打着"大女主"旗号的宫斗文，还是以职场为背景的女性励志小说，都逃不出对奢侈、豪华场景及各种名贵服饰等的描述，而与金钱欲望并列的情欲对象大多是英俊潇洒有钱有权的男人，他们多数性格"霸道"，嫌弃事业型

---

① 伍尔芙.论小说与小说家[M].瞿世镜，译.上海：上海译文出版社，2000：52.
② 伍尔芙.论小说与小说家[M].瞿世镜，译.上海：上海译文出版社，2000：52.
③ 鲍德里亚.消费社会[M].刘成富，全志刚，译.南京：南京大学出版社，2000：93，151.

的女性，那些"傻甜白"女性反而更容易获得他们的怜爱。尽管女性网络作者大多是受过高等教育的知识女性，但是对于传统的两性关系，她们依然秉承依附态度。在这些女性网络文学作品中，女性存在的意义就是以收获爱情和财富为人生终极目标，完全丧失了现代女性独立自主的意识。社会现实不单单只有这些奢侈场景与为了权力勾心斗角的阴暗面，女性网络作者自动屏蔽了那些没有机会出现在上层阶层的农村女性、城市底层女性群体，这对于读者来说是不公平的，也不利于女性网络文学健康发展。这种写作导向也与现代女性的价值观念背道而驰。

再次，对于底层女性群体的忽视。随着消费文化的影响加剧，资本不断增强控制力，盈利成为网络文学甚至包括文学写作的主要目的，写作这件事本身就越来越商业化。消费语境下的底层女性叙事更多的是为商业服务。比如愚昧、无知甚至荒谬的女性形象，成为网络文学底层女性叙事的主要呈现。这是非常不公平的。这些底层女性的话语权本来就微弱，一不小心就可能被淹没，自身诉求无法有效地传达，女性网络文学忽视这个群体。从某种意义来说，造成这种忽视可能不是女性网络文学创作者的本意，但是因为女性网络文学的商品特性，导致其无法把这个群体作为目标读者，所以她们也无法参与到作者的创作过程。正如前文一直在强调坚持女性网络文学的"文学性"，如果坚持文学性，是否要替这些底层女性发声呢？恐怕仅仅通过女性网络文学内部改造是无法获得有效解决的。

最后，女性网络文学创作视野不够开阔，依然局限在"闺房叙事"，叙事范畴，叙事内容逃不脱个人情感倾诉，叙事地点甚至小到只剩下咖啡馆、花店、卧室这些封闭的小空间，鲜有与时代背景、社会变革有关系的题材涌现，造成这种现象的原因有两方面。一方面，这是由于女性长期"主内"，导致女性创作者长期沉迷于私人经验及日常化写作，写作格局偏小。大众文化的兴起与普及促进了女性审美日常化的叙事方式，并从性别视野反映了消费文化审美的多样性。但是女性审美日常化倾向也使女性网络创作在一定程度上受到束缚。比如流潋紫的《后宫·甄嬛传》虽然讲的是一个"大女主"的故事，但是综观全文，依然局限于后宫嫔妃之间吃醋争宠的小事，对于历史背景与历史事件则以轻描淡写的方式一笔带过。另一方面，女性网络文学读者的界定比较狭小。受限于消费市场的需求导向，女性创作者预判这种类型的小说销量不会太好，导致女性创作者极少涉猎大格局的题材，文学视野与深度缺乏宏观性，甚至容易滑向"下半身写作"的误区。尽管女性网络文学目前呈现一种空前繁荣，但是必须指出的是，这种"闺房叙事""日常化写作"对于女性创作者来说，其实是一种创作力的消耗，女性沉迷于个人空间的过度想象与营造，对于爱情关系的执着追逐与建构，其实是完全陷入消费文化中女性物化的陷阱，使得女性将自我箍入传统两性关系，成为乖顺的依附品。所以，在女性网络文学已经发展得如此壮大的局面下，必须认真反思女性网络文学创作过程中的"闺房叙事"倾向，才能使得女性网络文学朝着更加有内涵的方向发展。

虽然在消费社会背景下，任何文学的发展都逃不出商业化，但是对于女性网络文学遵循消费市场规律所折射出种种缺乏抵御力的现象，也是我们反观消费文化对文学发展及人类社会发展的一种有效契机。2008年与2014年两次"净网"行动，迫使网络文学的"文学性"分量加重，担负起传播"正能量"的主流文化功能。网络文学作者在网站发表收费作品时需要与网站签署具有法律效力的合同，实行实名制登记。这意味着网络文学不再是纯粹的"自由之地"，它和传统文学一样，必须接受统一管理和相关约束，并被纳入中国文化规划的大格局。从长远来看，这是非常有利于网络文学的健康及长久的发展。消费市场的无限范畴给女性网络文学带来了巨大商机，但是也给它的发展带来压力与挑战。女性网络文学必须走出女性个人化叙事的狭隘范畴，发挥文学的主流意识形态作用，警惕商业化造成文本工具化的负面影响，才能实现女性网络文学美好和谐的艺术前景。

结　语

当下，媒介技术促使全球媒介生态发生了重大改变，媒介融合对传播方式、内容生产的影响将会深刻影响社会和日常生活，一种新的社会秩序将被建立，用户参与度则是这种新秩序建立的核心。资本想要获利，需要更强的用户黏度，消费文化则是最好地塑造用户思维和行为的准则。社会学家郑也夫在其著作《后物欲时代的来临》中提到："消费演进的最后阶段，是完成它对一代民众的塑造。自然，这是通过设置、行动、话语、氛围，全方位的诱导而完成的。最终它成功了，驯化的工作完成了。消费的动机和习惯内化到了亿万人心中"[①]。郑也夫认为消费习惯是被消费社会驯化出来的。借助新媒介技术，消费文化不断地对消费者进行驯化，让消费者把"新的欲望"与"进步"巧妙地结合在一起，使得消费者习惯性认为，只有消费了新的事物才能跟随社会进步的节奏。当女性消费者成为被消费文化驯服的一员时，她又因为本身性别因素成为男性群体"看"的对象。我们谈论消费文化对女性文学的影响时，总是不可避免地会讲到女性的自我物化，但是，真正把自我物化与消费文化完美集于一体的最大的载体，或许只能是女性网络文学。它一方面是作为互联网与文学的混合物，另一方面本身的商品属性令它不得不服从消费市场发展规律，而女性自我物化所带来的卑微感和挫败感又令女性群体不断进行反省和斗争。当我们去观察女性网络文学如何在这两种矛盾中取得平衡时，其实也是在观察中国当代女性特别是年青一代女性如何应对中国传统伦理道德与消费社会在她们身上的折射，以及她们与现实社会对抗与妥协的过程。

尽管学术界一直对女性网络文学在文学界的定位存在争议，但是我还是坚定地认为它是中国当代女性文学不可分割的一部分。网络文学的商品属性，导致其本身呈现类型化与同质化的现象，再加上大量资本介入网络文学行业，促进了一个巨大的网络

---

① 郑也夫.后物欲时代的来临［M］.北京：中信出版社，2018：29.

文学市场的诞生，女性网络文学作为其重要分支，商业化特征不断深化，成为一种情感消费品。所以不难理解为什么传统文学对于女性网络文学的文学性总是表现出一种怀疑的态度，但是从另一层面来说，文学的终极意义就是社会向导，它令阅读者相信命运可改变，而女性网络文学则以自己的独特方式达到了这一目的。英国学者伍尔芙曾说过："如果允许我们预言的话，在未来的时代，妇女将要写出数量较少而质量更佳的小说，而且不仅仅局限于写小说，她们还要写诗歌、评论与历史……到了那个时代，妇女们将会获得许久以来一直被剥夺了的东西——闲暇、金钱以及一间她自己的房间。"① 伍尔芙所处的时代，女性写作还是一件冒天下之大不韪的事情，当时间巨轮行驶到 21 世纪，女性通过在互联网上创作文字获得了经济收入，部分女性网络作者还因此拥有了丰厚的物质收入，甚至包括一间属于自己的房间。VIP 收费制度确立了网络文学的商业属性，对于普通的创作者来说，意味着写作与金钱直接挂钩。中国女性网络作者实现了伍尔芙的预言，这种实现过程没有出现西方女性在获取经济权益时男女阶层尖锐对立的画面，也没有出现平衡"家庭与事业"之间的纠结情绪，而是在中国女性群体默认传统两性关系存在的前提下，用一种温和的方式争取着自己的利益。

  为什么要用"温和"这个词？可以从中国女性发展历史上找到答案。首先，中国传统两性文化从来就不是强调男女对立，而是主张阴阳协调。其次，中国女性的对立面并不是自己的丈夫，而是一个父权社会，单个女性极难用一己之力对抗整个社会。古代女性想要逃避父权，最快的方式就是通过婚姻与另外一个男性生活在一起，通过生儿育女，从而成为家庭的女主人。中国传统两性关系中强调"男主外、女主内"，家族中的事务便落在了母亲身上，再加上中国社会是以血缘为关系集结在一起的，母亲拥有对家族里子女的管教大权，所以林语堂才会发出如此感慨：所谓"被压迫的女性"这一个名词，决不能适用于中国的母亲身份和家庭中至高之主脑。② 中国古代小说中对母亲的权力都有过描述，比如《红楼梦》里的贾母，《西厢记》里的崔母等，但是如果女性不具备生育能力，她依然无法拥有"母亲"的地位和权力，并且还会遭受被抛弃的结果。而从现代社会来看，中国社会没有爆发过一次真正的女性革命，所以中国当代女性在性别意识上总是存在一种模棱两可的态度，一方面要求获得经济独立，另一方面又承认女性对男性依赖有一定的合理性。这种矛盾心理极其鲜明地反映在女性网络文学发展过程中，最终呈现出一种温和反抗之路。网络文学的写作方式令作者与读者共享创作方式，透过女性网络文学的文字，不单单看到作者一方的情感倾诉与理想

---

① 伍尔芙.论小说与小说家[M].瞿世镜，译.上海：上海译文出版社，2000：59.
② 林语堂.吾国与吾民[M].黄嘉德，译.长沙：湖南文艺出版社，2018：246.

构造，还看得见这部作品所引起的女性读者甚至包括消费市场上的反馈，女性网络文学带来的社会反响力已经远远超过中国历史上任何一种女性文学。

中国传统两性观念虽然强调男尊女卑，但是这种卑微与女性的爱情追求并不矛盾。阻止女性自由爱恋的不是男性本身，而是父权社会对女性的禁锢。从古典小说中我们看到很多例证。《西厢记》中书生张君瑞与相国小姐崔莺莺冲破封建传统思想中"门当户对"的观念，终成眷属；《红楼梦》中贾宝玉与林黛玉互生爱慕，但是在家族的压力下，贾宝玉娶了门当户对的薛宝钗，林黛玉含恨去世；《聊斋志异》中的男性与化成女性的鬼怪之间的爱情故事，作者借用鬼的形象表达了不惧封建礼教、勇敢追求爱情的理想女性概念。女性网络文学续写了中国古典小说，所以也难怪文学界最开始评价中国网络文学用的是"说书人与听书人"的关系，而中国古典小说的最原始传承方式就是通过说书人的口述。再回到女性网络文学的类型文分类，古代言情其实就建立在中国古典文学的基础上，以"男才女貌"作为最基本的爱情叙事模式，而继承台湾言情小说衣钵的现代言情小说其实也是遵从了中国传统爱情叙事的。女性网络文学从最开始以纯爱作为基本写作主题，到反思传统两性关系给女性带来的困惑，及女性存在于社会的意义和自身发展的处境。可以说，女性网络文学的发展过程其实也是中国当代女性温和地寻找救赎与信仰的过程。

尽管女性网络文学给予了女性群体极大的发声机会，还是要警惕消费文化对女性网络文学的驯化，这种驯化不单单是"以盈利作为写作目的"，而是女性作者在这种商业化的写作环境下如何巧妙地抒发对自由的渴望且不发生较多的冲突。这种忠实包括两个方面，一方面是坚持网络文学的文学性，另一方面是防止女性自我物化。我们强调网络文学的商业属性，强调它必须遵从消费市场的规律才能获得更多的生存动力，但是如果网络文学一味地追求商业效应，那么它终究会失去其基本的文学性。文学性与类型文写作模式并不冲突，完全可以共存。学者谢有顺在阐释"文学"这个概念时曾提及："文学是在帮助人建立更完整的自我，一个能接受一切复杂、矛盾甚至悖论的自我。小说为何要打破正面人物、反面人物相对立的写法？就是作家开始意识到，世界并不是我们想象得那么简单，我们无法那么确切地知道人是怎样的、世界是怎样的，而唯一确定的，也许就是人和世界都具有不确定性。"[①] 类型文是被文化消费市场检验过"适合"消费者的叙事模式，它的死板性和规律性令"情节抄袭"与人工智能写作软件获得了实现的可能性，但是在女性网络作者与女性读者的共同努力下，我们还是看到

---

① 谢有顺.为不理解、不确定而写作[J].当代作家评论，2019，216（6）：58-61.

了不断更新换代的女性网络文学类型文。从纯爱主题的霸道总裁文到以权谋论与"大女主"为主的宫斗文，再到宣扬后女性主义的种田文以及寻找都市女性独立意识的女性都市职场文，女性网络文学逐渐在成长，女性作者与女性读者一起不断扩展着叙事地图，力求捕捉到这个时代下与女性有关的方方面面。

女性网络文学的问题与局限依然存在，它对爱情主题和"爽"感的执着追求、遣词造句的不讲究也是被文学界诟病的地方。而正是因为这些局限性，让女性网络文学的作品缺乏历史和现实厚度，极难诞生一部传统文学意义上的经典作品。从某种程度来讲，这种缺陷的写作特征其实与消费市场上的表象不谋而合：商品大量复制又快速更替。女性网络文学的局限性也代表着中国当代青年女性的发展特征，正如学者邵燕君所言："如果宽泛理解，对于社会'正常秩序'而言，'五四新文学''新时期文学'和新世纪前后发展起来的网络文学一样，都可以被视为'乌托邦'，并且都有自己的'乌托邦向度'。它们之间的关系未必是线性的取代关系，而是都可以同时作为'异质空间'存在。甚至在不久的将来都进入网络空间后，仍可以彼此互为'他者''复数'，互相'呈现、表征、抗议甚至颠倒'。"① 尽管年轻的女性网络文学暂时还没有诞生经典作品，尽管它还继续在商业化的道路上前进，但是因为它的包容性和宽泛性，会迎来更多秉承文学性的创作者及阅读经验丰富的读者加入，一起期待这些年轻的女性网络文学作者创造出更多更富文学性的作品。

---

① 邵燕君. 从乌托邦到异托邦：网络文学"爽文学观"对精英文学观的"他者化"[J]. 中国现代文学研究丛刊, 2016, 205（8）: 16-31.

后 记

动笔是2019年的秋天。那时生成式人工智能对于一个普通人来讲，还是一个遥远且模糊的东西，到现在，它已经以势不可挡的速度往前推进，或许不消几年，生成式人工智能将会改变整个社会的日常结构？答案应该是肯定的。时间再往前推，20世纪90年代末，互联网刚落地国内，那时大家对互联网的概念也是一片模糊，无法想象，不过二十多年的光景，这个社会已经离不开互联网，甚至大多数人的衣穿住行都与互联网进行深度绑定，无法进行分割。

世界变化如此快，很难静态地去理解一个事物。就拿网络文学来讲，至今为止，依然没有一个官方定义出现。从最开始的"网上发表的小说"，到"消遣小说""网络通俗小说"，再到"新媒介小说"，设想一下，等到生成式人工智能完全、彻底地深入人类日常，是否要将网络文学的定义改成"半生成式人工智能套路文"？答案是未知的。

网络文学作为在互联网生长起来的事物，最开始的时候，野蛮生长，迅速扩张，积累用户，获得大量用户，然后，资本进入，形成行业，开始标准化生产……不断纵向、横向开发，做大做强，形成了今天我们看到的繁华盛世。当然，网络文学还在往前发展。

2019年动笔时，可参考的文献不多，研究者大多从传统文学评论框架入手，带着一种居高临下的批判意识。作为一名网络文学作者，很难去认同。在我和我的作者朋友们的意识中，如果一部网文赚不到钱，十之八九会变成坑，这是网文写作中的常态。网络文学的创作目的，就是盈利，但是，让传统文学界承认网络文学的盈利性，花了很长的时间。

转机是因为其他学科研究者的介入。比如用劳动过程理论去看待网络文学作者的劳动过程，比如从商品论角度去理解网络文学作品，从根本上为网络文学厘清概念，使得网络文学的基本特质与未来走向有"理"可依。一旦承认网络文学为情感消费品，那么就可以理解它的发展路径与未来走向。比如类型文的量产是因为商品标准化后有利于销售，比如网络文学互动性源于社交媒介的兴起与普及，诸如此类。

现在，研究网络文学的学者非常多，很多研究者本身就是网文作者或者资深网文爱好者，显而易见，对网络文学的理解已经越来越透彻。

但是，不能把网络文学理解为一个纯粹的情感消费品（真的这样来理解，大错特错）。网络文学之所以能够繁盛至今，除了它给用户带来的"爽"感，还因为它与用户的情感是同频的，甚至还会超前。最开始的女性网络文学作品都喜欢模仿台湾言情小说或者言情剧，纯情女主角与霸道男主角的爱情故事，很快，这种套路文就不再具有强烈吸引力，因为年轻一代的女性逐渐崛起，她们受过高等教育，不再轻易相信爱情童话，甚至不再把结婚与生儿育女当成必做之事，而是选择像男性一样，去打拼去战斗。在这种背景下，网络小说马上发生转向，一系列的大女主小说的涌现——经典之所以成为经典，肯定是因为文字里的共鸣性。时至今日，我们阅读几百年创作的《红楼梦》，依然会为林黛玉与贾宝玉的爱情而惋惜。如果网络文学想要继续繁荣下去，经典化是必经之路，只有经典的作品，才能永恒获利，同理，才会拥有永恒的读者。

感谢成千上万名网络文学作者，当前网文盛世离不开他们的艰辛创作。绝大多数人并不认识这些作者，人们羡慕的对象总是那些熠熠生辉的唐家三少们，而这些羡慕，同样也是成千上万名网文作者努力码字的动力。

本书在创作过程中，获得了谢有顺教授极大的帮助，一开始创作时，手头资料有限，无数次思考是不是此路不通，谢老师在我最迷茫的时候，给予定心丸，让我鼓足勇气写完整本书。后期修订过程中，获得了张志安教授、钟智锦教授和聂静虹教授的支持，三位教授从传播学角度给予指导，深感幸运，万分感谢。感谢本书编辑沈刘红老师，第一次出版学术著作，诸多不懂之处，沈老师非常有耐心，最终促成了这本书顺利出版。感谢墨桐同学，因为你，这本书的创作、修订与出版过程，一拖再拖，我深刻感受到作为一名女性科研者的辛苦与不易。同时在研究过程中，本书得到了以下项目的资助：2023年度中国残联课题"数字经济背景下残疾人互联网就业研究"；广州市社科规划共建课题"平台劳动的实践困境及治理路径研究：基于广州市新业态从业人员调查"（项目编号：2023GZGJ250）；2024年度佛山市社科规划共建项目"佛山直播电商现状与提升路径"（项目编号：2024-GJ074）；广州市人文社科重点研究基地·广州直播电商研究院项目。本书最终由中山大学新闻传播学院资助出版。

李敏锐

2024年6月4日